छन्द मञ्जरी

सौरभ पाण्डेय

छन्द भण्डारी

छन्द विधान
सौरभ पाण्डेय

अंजुमन प्रकाशन
इलाहाबाद

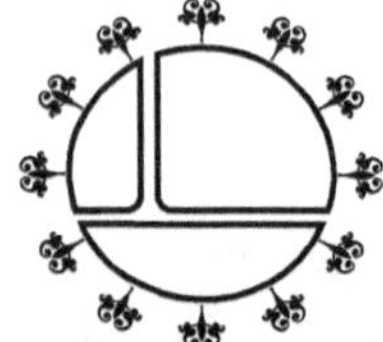

ISBN 978-93-83969-38-8

आवरण व कम्प्यूटर कम्पोजिंग : श्री कम्प्यूटर्स

© : रचनाकार

प्रकाशक :

अंजुमन प्रकाशन

942, मुट्ठीगंज, इलाहाबाद-3, उत्तर प्रदेश, भारत

संस्करण : प्रथम, 2015

Chhand manjari by *Saurabh Pandey*

Edition: First, 2015

Published By : ANJUMAN PRAKASHAN
website - anjumanpublication.com
E-mail : anjumanprakashan@gmail.com
Mob.: +91-9453004398

समर्पित

परम पूज्य पिताजी श्री सुरेश चन्द्र पाण्डेय
एवं
पुजनीया माताजी श्रीमती कमला पाण्डेय
के सादर चरण कमलों में

लेखकीय

पाठकों के हाथों में 'छन्द-मञ्जरी' को सादर भावनाओं के साथ सौंप रहा हूँ. हृदय शिष्टवत नम्र है. सर्वोपरि, ऐसा कोई प्रयास शास्त्रीय छन्द सम्बन्धी विधा-विन्दुओं पर अपनी 'साधिकार समझ' की प्रतिस्थापना कत्तई नहीं है. बल्कि, कतिपय छन्दों के विधा-विन्दुओं के माध्यम से आज के रचनाकर्मियों को छान्दसिक रचनाओं ही नहीं, हर तरह की गेय रचनाओं के प्रति रोचकता के साथ लगाव को जगा पाने का मात्र 'गिलहरी' आग्रह है. इस पुस्तकाकार प्रयास को इसी आलोक में देखा गया तो मुझ पर सबसे बड़ा उपकार होगा.

छन्दों के विधान पर किसी ग्रंथ की रचना इस पुस्तक-लेखन का उद्येश्य कभी नहीं था. अपितु, आज के कविता-व्यवहार में छन्दों की प्रासंगिकता आवश्यक समझी जाय, इस हेतु यह पुस्तक एक आग्रह अवश्य करती है. तभी तो आज की भाषा (खड़ी हिन्दी) के 'अनुसार प्रासंगिक' गिने-चुने छन्दों की मूलभूत विधाओं को सूचीबद्ध किया गया है. ताकि, उनके अध्ययन के पश्चात उन छन्दों की ही नहीं, बल्कि अन्यान्य छन्दों की विधाओं, उनके लालित्य एवं उनके भाषिक अवधारणाओं के प्रति भी काव्य-रसिकों के मन में उत्सुकता बन सके. साथ ही, कतिपय छन्दो की विधाओं के नाम पर फैले भ्रम का निवारण हो सके. सर्वोपरि, एक ऐसी आधार-भूमि बन सके जो अपवाद स्वरूप प्रस्तुत हुई छान्दसिक रचनाओं को छन्दों की मूलभूत विधाओं तथा आवश्यक विन्दुओं पर संदेह का कुहासा फैलाने से रोक सके. इस सात्विक 'हेतु' को सामने रखते हुए प्रस्तुत पुस्तक सुधीजनों तथा नये रचनाकर्मियों के हाथों में सौंप रहा हूँ.

काव्य-जगत में छन्दों की महत्ता पर सभी कविताकर्मी एकमत रहे है. यह भी, कि छन्दों की मूलभूत समझ ही किसी संयत रचनाकर्मी की भावाभिव्यक्तियों को आवश्यक गहराई दे सकती है. शब्दों की अपनी सत्ता होती है. इस सत्ता को समझने की, तदनुरूप, उनके साथ व्यवहार करने की शक्ति छन्दों के विधामूलक विन्दुओं की मूलभूत समझ से ही सदिश हो सकती है. 'राम की शक्तिपूजा' का कोई तपस्वी ही कविताओं को 'छन्दों से मुक्त' कर देने का सुझाव दे सकता है. तथा ऐसा ही कोई अनुशासित लेखिताकर्मी रचनाकर्मियों की नयी पीढ़ी का मार्गदर्शक हो सकता है. छन्दों से मुक्त काव्य-अभिव्यक्तियों की सार्थकता तभी

है, जब शब्द, शब्दों के विन्यास तथा उनके संयोजन की व्यवस्था की समझ सुदृढ़ हो जाय. छान्दसिकता, गीतात्मकता या शब्द-प्रवाह भारतीय मानस के लिए कभी सायास कर्म नहीं रहे हैं, बल्कि सही कहा जाय, तो ये सामान्य जन के भी वृत्ति-संप्रेषणों और उनकी ललित अभिव्यक्तियों का सहज माध्यम हैं. इसी कारण, कविता के क्षेत्र में 'गीत मर गये' की घोषणा का हश्र आज हम खूब देख-समझ रहे हैं. यह होना ही था. विधाजन्य असफलता की हताशा को कुछ दिनों के लिए भले ही कोई आवरण या ओट मिल जाय, वह कभी सत्यापित तथ्य की तरह नहीं बेचा जा सकता. सर्वोपरि, जन-मानस के एक वर्ग का व्यवहार किसी 'वाद' अथवा 'विचार' से प्रभावित भले हो जाय, समष्टि का संस्कार नहीं बदल सकता. अभिव्यक्तियों में छान्दसिक-प्रवाह भारतीय समष्टि का संस्कार है. रचनाकर्म का अभिन्न व्यवहार है. स्थापित तथा मान्य भारतीय परम्पराओं से अलग कोई 'वाद' आँधियों के प्रभाव की तरह स्थावर इकाइयों को चंचल अवश्य कर दे, उनके अंतर्निहित 'गुणों' में जेनेटिक परिवर्तन नहीं ला सकता. तभी आश्वस्ति के साथ कहा जाता है, कि गीत भारतीय जन-मानस की सभी तरह की मनोवृत्तियों के संप्रेषणों के सहज माध्यम हैं. यही कारण है कि आज गेय-रचनाएँ विभिन्न रूपों और कलेवरों में हमारे सामने आ रही हैं. इन गीतों के पीछे की सार्थक प्रेरणा छन्द ही तो है. इनके मूलभूत स्वरूप को समझने का कोई प्रयास कविकर्म को आवश्यक अनुशासन देता है. बिना अनुशासन के किया गया कोई प्रयास उच्छृंखलवत तो होता ही है, अपेक्षित व्यवहार तक को उच्छृंखल कर देता है. आज उच्छृंखलता यदि सामाजिक, व्यावहारिक आचरण में ही नहीं, रचनात्मक प्रयासों तक में देखने में आ रही है तो अवश्य ही जन-मानस के आवश्यक अध्ययन, विन्दुवत मनन तथा गहन मंथन से परे जाने का इंगित है. व्यष्टि-व्यवहार में व्याप रही उच्छृंखलता हर स्तर पर अनुशासन में हो रही कमी का परिचायक है.

रचनाकर्म मात्र शाब्दिक भावाभिव्यक्ति नहीं है, बल्कि सुगढ़, सदिश, सहज किन्तु अनुशासित संप्रेषण हुआ करता है. अतः यह अवश्य ही दीर्घकालिक सतत अभ्यासों पर आधारित होना चाहिये. रचनाकर्म अनुशासन से जितना दूर जाता है, उतना ही क्षणभंगुर परिणतियों का कारण होता जाता है. जबकि सार्थक रचनाकर्म तात्कालिक समाज को ही नहीं, लोक-मानस के भविष्य तक को प्रभावित करने की क्षमता रखता है. तभी तो कहा जाता है कि कविताकर्म का हेतु हर काल-खण्ड का मानव है, आज का या कल का मानव नहीं. तो फिर

कोई प्रयास सार्थक तो होना ही चाहिये. इसीकारण, इस पुस्तक में कतिपय अति प्रचलित, साथ ही साथ, 'आज की भाषा के अनुरूप प्रासंगिक' छन्दों की मूलभूत विधाओं को सूचीबद्ध करने का एक प्रयास किया गया है. यह प्रयास व्यवहार के स्तर पर भले प्रारम्भिक अवस्था का हो, परन्तु अन्यथा नहीं है. तभी इस पुस्तक के होने के क्रम में, 'कोई छन्द वस्तुतः व्यवहृत कैसे हो', 'कोई रचना किसी छन्द की सीमा में लिखी कैसे जाय', जैसे विन्दु प्रभावी थे. यही कारण है कि छन्दगत कई अपवादों, कई अन्यथा विशिष्टताओं को बलात परे रखा गया. नये रचनाकर्मियों के सामने तथ्य विन्दुवत रखे जायँ यह अधिक आवश्यक है, न कि विधान सम्बन्धी सभी व्यंजनों को इकट्ठा कर प्रस्तुत कर दिया जाय. क्योंकि, ऐसा कोई एकत्रीकरण छन्द-व्यवहार के प्रति पहले से बन चुके या बना दिये गये संदेहों तथा उलझनों को और क्लिष्टवत व्यापक कर देगा. प्रारम्भिक अवस्था में मूलभूत तथ्य यदि स्पष्ट हो गये तो सोच का आधार सुदृढ़ हो जाता है. रचनाकर्मी साहित्यकाश में आगे फिर चाहे जैसी उड़ान भरें, आकाश उनका, उड़ान उनकी, उड़ने का उद्येश्य उनका.

इस पुस्तक के होने में अंजुमन प्रकाशन तथा अनुज वीनस केसरी के आग्रहों की महती भूमिका रही है. ओपनबुक्सऑनलाइन डॉट कॉम के मंच पर मिली सीख, विद्वानों का सान्निध्य तथा आत्मीयजनों का सहयोग मेरे आत्मबल का कारण रहे हैं. साथ ही, मेरे आत्मबल के विशिष्ट कारण हैं, पारिवारिक सदस्यों का सहयोगात्मक रवैया, माता-पिताजी का दैनिक आशीर्वाद, पत्नी सुषमा तथा पुत्रियों सृष्टिसुधी एवं संसृति तथा भतीजी श्रीकृति, पुत्र श्वेतांक की सतत सुप्रेरणा, अनुज शभ्रांशु का वैचारिक सहयोग. इन सभी के बिना तो मैं एक व्यक्ति के तौर पर कुछ हूँ ही नहीं.

सौरभ पाण्डेय

एम-II / ए-17, ए.डी.ए. कॉलोनी,
नैनी, इलाहाबाद - 211 008
संपर्क - +91-9919889911

अनुक्रमणिका

कविता क्या है?

मानवीय विकासगाथा में काव्य का प्रादुर्भाव मानव के लगातार सांस्कारिक होते जाने और संप्रेषणीयता के क्रम में गहन से गहनतर तथा सुगठित होते जाने का परिणाम है. मानवीय संवेदनाओं को सार्थक अभिव्यक्ति नाट्यशास्त्र और इसकी विधाओं से मिली जहाँ से काव्यशास्त्र ने अपने लिए आवश्यक अवयव ग्रहण किये. इन अवयवों के कारण ही प्रस्तुतियाँ क्लिष्ट से क्लिष्टतर होती गयीं और निवेदन गहन से गहनतर होते चले गये. अर्थात, प्रस्तुतियाँ जो सहज शब्दों और सरल वाक्यों में सीधे अर्थों को अभिव्यक्त करती थीं, यानि, शब्द अभिधात्मक हुआ करते थे, धीरे-धीरे भावाभिव्यक्तियाँ बिम्बात्मक होने के साथ-साथ अभिव्यंजनात्मक होने लगीं. यानि, उनके इशारे (इंगित) गहन होने लगे. भावाभिव्यक्ति का इससे भी क्लिष्ट स्वरूप गद्य हुआ, जो भावों को व्यक्त करने का माध्यम बना. यह मानसिक विकास का ही अगला पड़ाव समझा जाता है.

मूलभूत शारीरिक आवश्यकताओं की पूर्ति के बाद मनुष्य के लिए यह कभी संभव नहीं रहा कि वह केवल उन आगामी क्षणों की प्रतीक्षा करता रहे जब उसे पुनः अपने और अपने आश्रितों के शरीर के संकेतों को संतुष्ट करना भर उसके जीवन का उद्येश्य हो जाय. उसके लिए पेट की अस्मिता के आगे वैचारिकता स्थान लेती रही है. यही वैचारिकता मनुष्य की संप्रेषणीयता को समृद्ध करने का कार्य करती है. अनादिकाल से! काव्यशास्त्र के यही आधारभूत अवयव कविता को समझने और कविता के माध्यम से वैचारिक संप्रेषणीयता को समझाने के भी मूल रहे हैं.

क्यों न आज हम यही समझने का प्रयास करें कि कविता वस्तुतः है क्या. भाव संप्रेषण की वह शाब्दिक दशा जो मानवीय बुद्धि के परिप्रेक्ष्य में मानवीय संवेदना को तथ्यात्मक रूप से अभिव्यक्त करे, कविता होती है. सपाट भावाभिव्यक्ति सहज और सुगम भले ही हो तथ्यात्मकता को संवेदनाओं का साहचर्य और संबल नहीं दे सकती. इसीकारण भावुकता का अर्थवान स्वरूप जहाँ कविकर्म है वहीं उसकी शाब्दिक परिणति कविता.

इसका अर्थ यह हुआ कि कविता शब्द-व्यवहार के कारण भाषायी-संस्कार को भी जीती है. इसी कारण भाषा-व्यवहार और शब्द-अनुशासन कविता के अभिन्न अंग माने जाते हैं. अर्थात, भावुक शाब्दिक उच्छृंखलता कभी कविता नहीं हो सकती. जबकि यह भी उतना ही सत्य है कि भावुकता ही कविता का मूल है. यानि, मात्र एक तार्किक शब्द अपने होने मात्र से कविता का निरुपण कर सकता है. क्योंकि शब्द मात्र इंगित न होकर भाव-भावना-अर्थ का भौतिक समुच्चय होते हैं. शब्द वृत्तियों के भौतिक निरुपण की भौतिक इकाई हैं. वृत्तियों के निर्वहन में शब्द एक बडी भूमिका निभाते हैं. अतः चित्त का विवेक, यानि बुद्धि, कविता की उत्पत्ति और समझ दोनों के लिए अनिवार्य है.

कविता संप्रेषण के कई साधन हो सकते हैं तथा इन साधनों की कितनी ही प्रासंगिक, अप्रासंगिक विधायें हो सकती हैं! छन्द-बद्धता, छन्द-उन्मुक्तता कविता के मुख्य साधन हैं और मात्रिकता, गण निर्धारण, तुकान्तता, गति, अलंकार, संप्रेष्य तथ्य आदि उन साधनों के अवयव हैं.

वर्तमान में व्यावहारिकता के लिहाज से कविता के दो रूप हो सकते हैं -

पहला, कविता, जो भाव-विस्फोट को शब्दों की ऐसी काया दे जो गेय अथवा वाच्य हो.

दूसरा, कविता, जो प्राणिगत भावोद्गारों को शब्दों का ऐसा प्रारूप दे जिसे बुद्धि द्वारा साधा जा सके. इस तरह से कविता सुनने-गाने के साथ-साथ पढ़ने-गुनने और उसके आगे मनन-मंथन की भी चीज हो जाती है.

इस लिहाज से हम भाव-प्रवण कवि के उर्वर मनस से उपजने वाली कविता की उत्पत्ति के दो रूप मान सकते हैं

पहला, मानसिक एकाग्रता, जिसके कारण संप्रेषण हेतु निरीक्षण संभव हो पाता है

दूसरा, सतत शाब्दिक अभ्यास ताकि कथ्य सार्थक रूप से संप्रेष्य का निर्वहन कर सके.

कहने का अर्थ यह है कि यदि कवि स्वयं भाव-प्रवण नहीं होगा, तो सतत अभ्यास द्वारा विधानात्मक कौतुक भले ही कर ले, संवेदना के स्तर पर पाठक या श्रोता को संतुष्ट नहीं कर पायेगा. विधाओं की कसौटी पर उसका कर्म

'कविता' भले घोषित हो जाये, समाज को कोई भावनात्मक संबल नहीं दे सकेगा, जो कि ऐसे कर्म का हेतु है. रचनाकार का, विशेष रूप से कविता का, मुख्य कार्य श्रोता-पाठक की भावदशा को संवेदित करना है. इस आधार पर हम यह कहने की स्वतंत्रता ले सकते हैं कि जिस शब्द-व्यवहार से मानवीय संवेदनाएँ प्रभावित हो जायें वही कविता है. इसी कारण ऊपर कहा गया है कि एक सान्द्र शब्द अपने आप में एक समृद्ध कविता की भावदशा को जी सकता है, इस निवेदन के साथ, कि इस उच्च अवस्था की अनुभूति के पहले किसी रचनाकार को भाव-साधना तथा शब्द-साधना के घोर तप से गुजरना होता है. कविता का कोई रूप क्यों न हो उसका हेतु और उसकी प्रासंगिकता मानवीय संवेदना को संतुष्ट और प्रभावित करना है. कविता चाहे गेय हो, वाच्य हो या मननीय ही क्यों न हो.

पुराने मनीषियों की आवश्यकता और समझ के अनुसार कविता श्रव्य थी. इसी कारण, कविता और छन्दों में शाब्दिक चमत्कार को निरुपित करने के लिए अलंकारों की आवश्यकता होती थी. उससे पूर्व नाट्यशास्त्र के नवरसों के माध्यम से कविता को श्रेणीबद्ध करने का साग्रह प्रयास किया गया ताकि कोई शाब्दिक संप्रेषण मानवीय मनोदशा की आवश्यकता के अनुसार हुए शाब्दिक-निवेदन को प्रतिस्थापित कर सके. आज कविता पठनीय हो गयी है. इसके प्रारूपों में मात्र शब्द ही नहीं, बल्कि गणित शास्त्र के मान्य और स्वीकृत गणितीय-चिह्न भी कविता का मुख्य भाग बन गये हैं, जिनको ध्वनियों के माध्यम से अभिव्यक्त किया ही नहीं जा सकता. अतः कविता श्रव्य मात्र नहीं रह गयी है. अपितु, यह विचारों की अति गहन इकाई हो चुकी है. तो प्रश्न उठना सहज ही है कि क्या ऐसा कोई संप्रेषण कविता है? उत्तर में प्रतिप्रश्न होगा, कि क्या ऐसा कोई संप्रेषण व्यवहार में समेकित रूप से मानवीय संवेदना को प्रभावित कर पाता है? यदि वास्तव में एक बड़ा वर्ग ऐसे संप्रेषण को समझता है और प्रभावित होता है तो वह कविता है. और, यह कविकर्म की मानसिक सम्पन्नता श्रोता-पाठक की मानसिक व्यवस्था के संयमित मेल पर निर्भर करता है कि कोई संप्रेषण मानवीय मर्म की किस गहराई तक अपनी पहुँच बना पाता है.

यानि, एक स्तर से नीचे की कविता प्रबुद्ध श्रोता-पाठकों को जहाँ

संवेदित या संतुष्ट नहीं कर सकती तो एक स्तर से आगे की कविता कतिपय श्रोता-पाठकों के लिये दुरूह हुई उनसे अस्वीकृत हो जाती है. इस के लिए जहाँ तक संभव हो, दोनों इकाइयों का उत्तरोत्तर मानसिक विकास आवश्यक है. अन्यथा, एक विन्दु के बाद कविता अपने कर्तव्य से गिरती दिखती है, तो श्रोता-पाठक अपने मानसिक, वैचारिक, भावप्रधान विकास से वंचित रह जाते हैं.

छन्द का अति संक्षिप्त इतिहास

वेद में सम्मिलित ऋचाएँ छन्दबद्ध हैं चाहे उनका प्रारूप जो हो. वस्तुतः, वेद के छः अंगों (शिक्षा, कल्प, व्याकरण, निरुक्त, छन्द तथा ज्योतिष) में छन्द एक महत्त्वपूर्ण अंग है. श्रुतियों की परम्परा बिना छान्दसिक अनुपालन के सम्भव ही नहीं थी.

भाषा-व्याकरण के प्रथम पुरुष पाणिनी ने भी *छन्दः पादौतु वेदस्य* कह कर छन्दों को वेद से सम्बद्ध माना है. वाचस्पत्यम संस्कृत शब्दकोश के अनुसार 'छदि' में 'इयसुन' प्रत्यय लगे तो 'छन्दस' शब्द प्राप्त होता है जिसका अर्थ होता है 'आच्छादित करने वाला'. इसका समासगत रूप छन्दः होता है. हिन्दी भाषा में छन्द कहा जाता है.

वेदों में मुख्यतया गायत्री, त्रिष्टुप, जगति, पंक्ति, अनुष्टुप, बृहति तथा उष्णिक आदि छन्दों का प्रयोग हुआ है. शाब्दिक विन्यास में छन्दों का होना संगीत के प्रभाव को बढ़ाता है और छन्द ही शब्दों को संगीतमय बनाते हैं. संगीत की उत्पत्ति भी चूँकि सामवेद से हुई है. अतः, यह निर्विवाद है कि मानवीय भावनाओं की अभिव्यक्ति हेतु सार्थक शब्दों और गणितीय विन्यासों से संभव हुए वाक्यों में संगीत की महत्ता सर्वोपरि है. शब्द और संगीत के संयोग को संभव बनाने का कार्य छन्द ही करते हैं.

इस संदर्भ को यदि आज के व्यवहार में लिया जाय तो यही कहा जा सकता है कि काव्यात्मक नियमितता के साथ रचित गेय रचनाओं की इकाइयाँ ही पद्यकाव्य हैं. तथा, शाब्दिक रूप से समृद्ध पद्यकाव्य ही छन्दकाव्य है. कहते भी हैं *छन्दोबद्ध पदं पद्यम्.*

छन्दशास्त्र की उत्पत्ति के सम्बन्ध में मान्यता यह है कि ये शिव के अतिउर्वर मनस की उपज हैं. इस ज्ञान को प्रथम विशिष्ट रूप शिव ने ही प्रदान कर विज्ञान का दर्जा दिया था. शिव से इस विज्ञान को विष्णु ने प्राप्त किया. विष्णु से इन्द्र ने, इन्द्र से वृहस्पति ने तथा वृहस्पति से इन्हें माण्डव्य ने प्राप्त किया था. माण्डव्य से सैतव, यास्क आदि द्वारा होता हुआ यह विज्ञान पिंगल के पास पहुँचा. पिंगल ने ही इस दैवीय विज्ञान को मानवसुलभ किया. तथा उन्होंने ही इस

शिक्षा को शास्त्र का रूप दे कर मानवसंसार में प्रतिष्ठित किया.

प्रथम छन्द रचना के रूप में निम्नलिखित श्लोक को उद्धृत किया जाता है -

मा निषाद प्रतिष्ठां त्वं अगमः शाश्वतीः समाः।
यत्क्रौंच मिथुनादेकं अवधी काम मोहितम्।।

यह श्लोक महर्षि वाल्मिकी विरचित माना जाता है. श्लोक अनुष्टुप छन्द का ही एक रूप है.

क्रौञ्च पक्षी के जोड़े के प्रेमव्यवहार के मध्य एक बहेलिया द्वारा उन्हें मार डालना महर्षि को इतना आहत कर गया था कि स्वतः ही उपरोक्त पंक्तियाँ उनके मुखारविन्द से निकल पड़ीं थीं. कहते हैं, उसी समय ब्रह्माजी ने साक्षात उपस्थित हो कर महर्षि वाल्मिकी को पद्य ग्रंथ की रचना का आदेश दिया था और वाल्मिकी ने आगे 'रामायण' की रचना की. इस लोकोक्ति के पीछे का इतिहास चाहे जो हो लेकिन शब्द-विन्यास में गणितीय संरचना की महत्ता इसी श्लोक से स्थापित हुई मानी जाती है.

छन्द के प्रारूप

छन्दबद्ध रचनाओं में मुख्यया पद, यति, गति, चरण, मात्रा, वर्ण, गण, तुक आदि संज्ञाओं का प्रयोग होता है. इन संज्ञाओं को संक्षेप में स्पष्ट कर सुलभ किया जा रहा है.

पद

लाल देह लाली लसे, अरुधरि लाल लंगूर

वज्र देह दानव दलन, जय जय जय कपिसूर

उपरोक्त दोहा छन्द में -

लाल देह लाली लसे, अरुधरि लाल लंगूर - यह प्रथम पद या पहला पद है.

वज्र देह दानव दलन, जय जय जय कपिसूर - यह द्वितीय या दूसरा पद है.

किसी छान्दसिक रचना की एक पंक्ति पद कहलाती है. उपर्युक्त छन्द को देखने से स्पष्ट है कि एक पद दो चरणों में विभक्त है.

पहला पद —

लाल देह लालीलसे – एक चरण

अरुधरि लाल लंगूर – दूसरा चरण

दूसरा पद —

वज्र देह दानव दलन – तीसरा चरण

जय जय जय कपिसूर – चौथा चरण

यानि एक पद में कई चरण होते हैं या हो सकते हैं. किसी पद में मान्य विभाग को ही चरण कहते हैं जो उक्त छन्द के विधान के अनुसार उक्त पद के अभिन्न भाग भी हो सकते हैं. इस तथ्य को चरण पर चर्चा करने क्रम में कुछ और ठीक से समझा जा सकेगा.

यति

यति का अर्थ है अवरोध या रुकावट. पदों में यदि यति न हों तो लम्बे पद एक ही बार में पढ़े जाने पर वाचन (पढ़ने) के क्रम में साँस फूलने लगती है. साथ ही, पद का सौंदर्य भी प्रभावित होता है. या, पद के कथ्य को न समझ पाने की स्थिति बन सकती है. यानि ऐसे पढ़ने से पद का वास्तविक निहितार्थ भी समझ में नहीं आता. इन परेशानियों से बचने के लिए यति की अवधारणा हुई है. छन्द के पदों में यतियों का प्रयोग आवश्यकतानुसार होता है.

इसी कारण छान्दसिक रचनाओं में पद अधिकांशतः आवश्यकतानुसार दो या दो से अधिक भागों में बँटे रहते हैं. जहाँ पदों के बीच चरण और तदनुरूप यतियाँ हुआ करती हैं. ऐसा या तो नियमानुसार होता है अथवा वाचन की आवश्यकतानुसार होता है. यह छन्द के सौंदर्य और माधुर्य में भी वृद्धि का कारण होता है. पद के जिस स्थान पर रचना दो या दो से अधिक भागों में बँटती है उसे यति कहते हैं. यथा, एक दोहा छन्द लेते हैं -

लाल देह लाली लसे, अरुधरि लाल लंगूर

वज्र देह दानव दलन, जय जय जय कपिसूर

पहले पद में 'लसे' के बाद गायन या वाचन का प्रवाह रुकता है.

दूसरे पद में 'दलन' शब्द के बाद गायन या वाचन का प्रवाह रुकता है. इसी रुकावट को *यति* कहते हैं.

इस तरह यह स्पष्ट हुआ कि दोहा छन्द के एक पद में दो चरण होते हैं. यानि, दो पदों का दोहा छन्द चार चरणों में विभक्त होता है. इसी विभाजन को यति कहते हैं.

इस क्रम में एक बात और स्पष्ट होती है, कि, किसी छन्द के पदों में यतियाँ मात्र वाचन या गायन के प्रवाह में रुकावट का परिचायक नहीं होतीं, बल्कि चरणों की संख्या का निर्धारण भी करती हैं. इस तथ्य को आगे चरण समूह में विशेष रूप से जाना जायेगा.

इसके अलावे यतियाँ छन्द रचना के भाव या कथ्य के अनुसार भी प्रयुक्त होती हैं. उदाहरण के लिए, 'राम चंद्रिका' से यह दुर्मिल सवैया छन्द देखें

कहि मातु कहाँ नृप तात गये सुर लोकहिं क्यों सुत सोक लये।

सुत कौन सुराम कहाँ हैं अबै बन लक्ष्मण सीय समेत गये।।

बन काज कहा कहि केवल मों सुख तोकों कहा सुख यामैं भये।

तुमको प्रभुता धिक तोकों कहा अपराध बिना सिगरेई हये।।

उपरोक्त छन्द के पदों में यदि यति को दुर्मिल सवैया छन्द के नियम के अलावे भी प्रयुक्त किया जाये तो पंक्तियों का अर्थ निखर कर सामने आता है.

'कहि मातु कहाँ नृप?' 'तात गये सुर लोकहिं!' 'क्यों?' 'सुत सोक लये।' 'सुत कौन?' 'सुराम!' 'कहाँ हैं अबै?' 'बन लक्ष्मण सीय समेत गये।।' 'बन काज कहा कहि?' 'केवल मों सुख!' 'तोकों कहा सुख यामैं भये?' 'तुमको प्रभुता!' 'धिक तोकों, कहा अपराध बिना सिगरेई हये।।'

स्पष्ट है कि उपरोक्त सवैया के पदों में वार्तालाप का सुन्दर रूप प्रस्तुत हुआ है.

कहने का अर्थ है कि अमूमन 12-12 वर्णों की यति पढ़ा जाने वाले दुर्मिल सवैया छन्द में उपरोक्त पदों में मान्य यति के अलावे अपनी यति नियत करने पर भी जोर देता है जिसके कारण पदों के कथ्य तथा अर्थ स्पष्ट हो सकें.

अर्थात, यति का उद्येश्य लय को सुचारू रूप से पढ़ने के लिए ठहराव के विन्दु उपलब्ध कराना भी होता है.

इसी कारण चौपाई के पदों में चरणों के अनुसार यति तो बनती ही है, चरणों के बीच में भी ठहराव का उपयोग किया जाता है, ताकि पंक्तियों के अर्थ उभर कर स्पष्ट हों.

गति

रचना की पंक्तियों को पढ़ने में यदि बहाव नहीं है या पद में अंतर्गेयता नहीं है तो रचना दोषयुक्त मानी जाती है. इस दोष से रचनाओं को दूर करने के लिए कविगण गहन शब्द-साधना करते हैं. ताकि शब्दों की मात्राओं का भार समान रूप से पद में बँटा रहे और गायन सप्रवाह हो. अर्थ स्पष्ट हो कर सामने आये. ऐसा पदों में शब्दों के सधे हुए संयोजन से ही संभव होता है. यानि, किसी छान्दसिक रचना के वाचन या गायन में जो प्रवाह होता है उसे गति कहते हैं.

चरण

किसी छान्दसिक रचना के पद में यति के कारण हुए बँटवारे के बाद जो भाग बनते हैं उन सभी को उस पद का चरण कहते हैं. यदि एक पद में दो चरण हो रहा हो तो पहले वाले चरण को विषम चरण तथा दूसरे वाले चरण को सम चरण कहते हैं. ऐसा दोहा, रोला, कुण्डलिया आदि छन्दों में अवश्य होता है.

उदाहरण के तौर पर निम्नलिखित दोहा के माध्यम से हम समझें

लाल देह लाली लसे, अरुधरि लाल लंगूर

ㅣ(———————)ㅣ(—————————)ㅣ

   (विषम चरण)   (सम चरण)

वज्र देह दानव दलन, जय जय जय कपिसूर

ㅣ(————————)ㅣ(——————————)ㅣ

   (विषम चरण)   (सम चरण)

अर्थात एक दोहा छन्द में दो विषम चरण तथा दो सम चरण होते हैं. सरल ढंग से समझने के लिए पहले विषम चरण को प्रथम विषम चरण तथा दूसरे विषम चरण को द्वितीय विषम चरण कह कर भी सम्बोधित किया जाता है. इसी तरह से प्रथम सम चरण तथा द्वितीय सम चरण होता है.

इसी क्रम में चौपइया छन्द (इस छन्द को अतिप्रसिद्ध चौपाई छन्द न समझ लिया जाय) के दो पदों को देखें जिसमें 10-8-12 पर तीन यतियाँ होती हैं

जप जोग बिरागा, तप मख भागा, स्रवन सुनइ दससीसा

ㅣ(————————)ㅣ(———————)ㅣ(——————————)ㅣ

आपुनु उठि धावइ, रहै न पावइ, धरि सब घालइ खीसा........... (मानस)

ㅣ(————————)ㅣ(———————)ㅣ(——————————)ㅣ

अर्थात, एक पद में तीन चरण हुए जो यति के निर्धारण से भी स्पष्ट है.

'राम चन्द्रिका' में उद्धृत त्रिभंगी छन्द के इस अर्द्धरूप को देखें जिसमें 10-8-8-6 पर यतियों का निर्वाह हुआ है, जिससे चार चरणों का निर्माण होता है.

जहँ तहँ श्रुति पढ़हीं, बिघन न बढ़हीं, जै जस मढ़हीं, सकल दिसा

I(————————)I (——————)I (——————)I (—————)I

सबही सब विधि छम, बसत यथाक्रम, देवपुरी सम, दिवस निसा

I(————————)I (——————)I (——————)I (—————)I

लेकिन इसी त्रिभंगी छन्द को गोस्वामीजी ने मानस में कई स्थानों पर 10-8-14 के अनुसार निभाया है और एक पद में उन्होंने कुल तीन ही चरण रखे हैं. ऐसे छन्द प्रयास के दो पदों को देखें

परसत पद पावन, सोकनसावन, प्रगट भई तप पुंज सही

I(————————)I (——————)I (——————————)I

देखत रघुनायक, जन सुखदायक, सनमुख हुइ करजोर रही........... (मानस)

I(————————)I (——————)I (——————————)I

किन्तु, कहने का तात्पर्य यह कत्तई नहीं समझना चाहिये कि कोई छन्दकार अपनी समझ से किसी छन्द के पदों में यति का निर्धारण कर चरणों की संख्या को घटा-बढ़ा सकता है. ऐसा तो और भी नहीं कर सकता जहाँ छन्दों में यति उस छन्द का अनिवार्य हिस्सा हुआ करती है. जैसेकि, दोहा, सोरठा, रोला, कुण्डलिया, चौपाई आदि मात्रिक छन्दों में होता है. त्रिभंगी या चौपइया आदि जैसे छन्द भी अवश्य हैं, जिनमें आखिरी दो चरण या तो मिल कर एक हो जाते हैं या अलग अलग रहते हैं. किन्तु पहले दो चरण नियमानुसार ही बरते जाते हैं. जैसा कि ऊपर के उदाहरणों से स्पष्ट है.

इसके साथ इस तथ्य पर भी गौर करना आवश्यक है कि कई छन्दों के पदों में नियमानुसार कोई चरण नहीं होता. ऐसे में पद और चरण एक ही होते हैं. ऐसे में पद और चरण में नामकरण का घालमेल हो जाता है. उदाहरण के लिए चौपाई छन्द, उल्लाला छन्द, चौपई छन्द आदि. चौपाई छन्द का उदाहरण देखें

जय हनुमान ज्ञान गुन सागर। जय कपीश तिहुँ लोक उजागर ।। (समतुकान्तता पर ध्यान दें)

I(——————————)I (——————————)I

रामदूत अतुलित बलधामा। अंजनिपूत्र पवनसुत नामा ।। (समतुकान्तता पर ध्यान दें)

I(——————————)I (——————————)I

नियमानुसार चौपाई छन्द के चार चरण होते हैं. उपरोक्त उदाहरण को ध्यान से देखा जाय तो दो-दो समतुकान्त चरण इस छन्द में चार पदों का भ्रम देते हैं. कई विद्वान इन चरणों को पद से सम्बोधित भी करते हैं. यही कारण है कि छन्द शास्त्रियों या अभ्यासियों के बीच पद और चरण के नामकरण और पहचान को लेकर इतना भ्रम देखने में आता है. हमें ऐसी किसी दुविधा से बचना चाहिये. हम इस तथ्य को स्वीकार कर लें, कि किसी छन्द की एक पंक्ति उस छन्द का पद और उस पद में नियमानुसार विद्यमान यतियों से विभाजित भागों को चरण कहते हैं.

मात्रा

अभी तक पढ़े गये संदर्भों को आगे बढ़ाते हुए आचार्य पिंगल ने छन्दों की साधना की. उन्होंने वर्णमाला के स्वर तथा व्यंजन को उनके उच्चारण में लगे समय के अनुसार गुरु और लघु की मात्राओं में बाँधा. कई विद्वान अपने-अपने हिसाब से इस तथ्य की व्याख्या करते हैं. किन्तु, आधुनिक काल के छन्द-मनीषी जगन्नाथ प्रसाद भानुकवि ने मात्रा सम्बन्धी पिंगल के कथ्य को ज्यों का त्यों स्वीकार किया है - *वर्ण के उच्चारण में जो समय व्यतीत होता है उसके अनुसार मात्रा का निर्धारण होता है. जो काल लघु वर्ण के उच्चारण में लगता है उसकी मात्रा एक मानी जाती है. यह काल उतना ही होता है जितना कि चुटकी बजाने में लगता है. जो काल गुरु वर्ण के उच्चारण में व्यतीत होता है उसकी मात्रा दो मानी जाती है, क्योंकि लघु वर्ण की अपेक्षा गुरु वर्ण के उच्चारण में दुगुना काल लगता है.*

यह अत्यंत ही महत्त्वपूर्ण कथ्य है, क्योंकि यह मात्रा निर्धारण के क्रम में तार्किक विचार प्रस्तुत करता है. पिंगल ने ही हृस्व या लघु अक्षर के लिए '।' तथा दीर्घ या गुरु अक्षर के लिए 'ऽ' के चिह्न निर्धारित किये. ये चिह्न आजतक मान्य है.

हृस्व (लघु) अक्षर

अ, इ, उ, ऋ, ँ (चन्द्रविन्दु) तथा इनके संयोग से बने सभी व्यंजन, यथा, क, कि, कु, कृ, कँ आदि.

परन्तु, क्ष, त्र, ज्ञ लघु या ह्रस्व मात्रिक होते हुए भी प्रयोग के लिहाज से विशिष्ट अक्षर हैं. क्योंकि

क्ष = क्+ष का संयुक्त रूप है

त्र = त्+र का संयुक्त रूप है

ज्ञ = ज्+अ का संयुक्त रूप है.

शब्दों की मात्राओं के निर्धारण में क्ष, त्र, ज्ञ की विशिष्टता की चर्चा संयुक्ताक्षरों के प्रयोग के क्रम में होगी.

दीर्घ (गुरु) अक्षर

सभी दीर्घ स्वर यानि आ, ई, ऊ; गुण स्वर यानि ए, ओ ; वृद्ध स्वर ऐ, औ तथा अयोगवाह स्वर अं अः स्वयं या व्यंजन के साथ गुरु होते हैं. यानि स्वरों के संयोग से बने सभी व्यंजन, यथा, का, की, कू, के, कै, को, कौ, कं, कः आदि दीर्घ मात्रा के यानि गुरु होते हैं.

उपरोक्त उद्धरणों से स्पष्ट से होता है कि अनुस्वार (अं) से संयुक्त अक्षर दीर्घ या गुरु होता है जबकि चन्द्रविन्दु से संयुक्त अक्षर ह्रस्व या लघु होता है.

उदाहरण -

हंस = हं (गुरु)+स (लघु)

हँसना = हँ (लघु)+स (लघु)+ना (गुरु)

इसी तरह,

मंडेला = मं (गुरु)+डे (गुरु)+ला (गुरु)

म के साथ अनुस्वार होने से **मं** गुरु हुआ

भँवर = भँ (लघु)+व (लघु)+र (लघु)

भ के साथ चन्द्रविन्दु होने से **भँ** लघु हुआ

कुँवर = कुँ (लघु)+व (लघु)+र (लघु)

इसी तरह, **कु** के साथ चन्द्रविन्दु होने से **कुँ** लघु हुआ आदि.

गणना के अनुसार लघु की संख्या 1 होती है, जबकि गुरु की संख्या 2 होती है. इसके साथ ही, संयुक्ताक्षरों की मात्राओं के लिए पिंगल मुनि ने जिन अवधारणाओं का प्रतिपादन किया था वे आजतक मूल नियम की तरह माने जाते हैं. हम इन पर चर्चा करें

क.

यदि शब्द का पहला अक्षर ही संयुक्ताक्षर हो तो उसकी मात्रा उस अक्षर के स्वर के अनुसार होगी. आज के संदर्भ में इस के लिए उदाहरण लिया जाय तो *प्रमाण* के **प्र** की मात्रा लघु ही होगी. लेकिन *प्रीत* के **प्री** की मात्रा गुरु होगी.यानि,

प्रमाण = प्र (लघु)+मा (गुरु)+ण (लघु);

प्रमाण की कुल मात्रिक संख्या =

प्र (1)+मा (2)+ण (1) = 4. अर्थात, प्रमाण की मात्रा संख्या 4 हुई.

प्रीत = प्री (गुरु)+त (लघु);

प्रीत की कुल मात्रिक संख्या =

प्री (2)+त (1) = 3. अर्थात, प्रीत की मात्रा संख्या 3 हुई.

छत्र = छत् (गुरु)+र (लघु)

छत्र की कुल मात्रिक संख्या =

छत् (2)+र (1) = 3. अर्थात, छत्र की मात्रा संख्या 3 हुई.

त्रिकुटि = त्रि (लघु)+कु (लघु)+टि (लघु)

त्रिकुटि की कुल मात्रा संख्या =

त्रि (1)+कु (1)+टि (1) = 3. अर्थात, त्रिकुटि की मात्रा संख्या 3 हुई.
आदि

ख.

यदि शब्द का दूसरा अक्षर संयुक्ताक्षर हो तो पहले अक्षर की मात्रा गुरु हो जाती है तथा दूसरा अक्षर लघु मात्रिक रहता है. ऐसे में शब्द का पहला अक्षर पहले से ही गुरु है तो वह गुरु ही बना रहेगा. आज के संदर्भ में उदाहरण लिया जाय तो **पस्त** के लिए **प** गुरु तथा **त** लघु होंगे. वस्तुतः **पस्त** शब्द का आधा स अर्थात **स्**, **प** के साथ युग्म (जोड़ा) बनाता है. और **प** को गुरु कर देता है.

इसी तरह,

कष्ट = कष्(गुरु)+ट (लघु)

पद्म = पद्(गुरु)+म (लघु)

चक्र = चक्(गुरु)+र (लघु)

यज्ञ = यज्(गुरु)+ञ (लघु)

छत्र = छत्(गुरु)+र (लघु)

कक्ष = कक्(गुरु)+ष (लघु)

प्रकल्प = प्र (लघु)+कल्(गुरु)+प (लघु)

प्रस्थान = प्रस्(गुरु)+था (गुरु)+न (लघु)

संयुक्त = सं (गुरु)+युक्(गुरु)+त (लघु)

ग.

यदि शब्द का कोई संयुक्ताक्षर इस तरह से हो कि संयुक्त हुए अक्षर का उच्चारण-भार उक्त अक्षर पर न पड़ रहा हो तो उस अक्षर की मात्रा पूर्ववत ही रहती है. जैसे **जिन्ह** शब्द में **न्ह** में **न** का उच्चारण **ह** के साथ घुल गया और **न्ह** पर **न** का कोई विशेष प्रभाव प्रतीत नहीं होता. अर्थात

जिन्ह = जि (लघु)+न्ह (लघु)

इसी तरह,

जिन्हें = जि (लघु)+न्हें (गुरु)

तुम्हें = तु (लघु)+म्हें (गुरु)

तुम्हारा = तु (लघु)+म्हा (लघु)+रा (लघु) आदि

अब विशेष रूप से बात **क्ष**, **त्र** तथा **ज्ञ** की.

ऊपर सूची में इन अक्षरों से सम्बन्धित उदाहरण भी दिये गये हैं, किन्तु, इन्हें विशेष रूप से उद्धृत किया जा रहा है.

जैसा कि विदित हो चुका है कि ये तीनों अक्षर संयुक्ताक्षर हैं. तो ये व्यवहार भी संयुयक्ताक्षरों की तरह ही करते हैं.

क्षरण = क्ष (लघु)+र (लघु)+ण (लघु)

तक्षक = तक् (गुरु)+ष (लघु)+क (लघु)

त्रिपद = त्रि (लघु)+प (लघु)+द (लघु)

सत्र = सत् (गुरु)+र (लघु)

यज्ञ = यज् (गुरु)+ञ (लघु) आदि

गुरु और लघु के अलावे शब्दों के उच्चारण में लगे समय के अनुसार दो और मात्राओं का शास्त्रों में उल्लेख है, अर्द्ध मात्रा तथा प्लुत मात्रा. अर्द्ध वस्तुतः उच्चारण में लघु से कम समय लेता है तो प्लुत उच्चारण में गुरु से अधिक समय लेता है. किन्तु, ये दोनों मात्रायें पद्य-साहित्य में मान्य न हो कर संगीत में मान्य हैं.

वर्ण

किसी एक अक्षर, स्वर सहित या स्वर रहित, को वर्ण कहते हैं. यानि, अक्षर स्वर से संयुक्त हो या न हो, गणना में एक वर्ण का कहा जाता है.यथा –

मानुष हौं तो वही रसखानि बसौं ब्रज गोकुल गाँव के ग्वालन

मा, नु और *ष* कुल तीन वर्ण हुए.

हौं, तो, व और *ही* कुल मिला कर चार वर्ण हुए.

र, स, खा और *नि* कुल मिला कर चार वर्ण हुए.

ब, सौं, ब्र, ज, गो, कु और *ल* कुल सात वर्ण हुए.

गाँ, व, के, ग्वा, ल और *न* कुल छः वर्ण हुए.

अब इस पद के कुल वर्णों की संख्या गिनी जाय तो यह संख्या होगी 24. यानि जिस छन्द का यह पद है, उस छन्द के प्रत्येक पद में वर्णों की संख्या 24 ही रहेगी. जबकि इस एक पद की कुल मात्रा 34 हो रही है.

इस तरह स्पष्ट हुआ कि किसी पद में कुल वर्णों की संख्या और कुल मात्राओं की संख्या दो तरह संख्याएँ हैं और इनमें अंतर होता है. भिखारीदास के महाभुजंगप्रयात सवैया जिसके पदों के कुल वर्णों की संख्या 24 होती है, के दो पदों से हम उदाहरण लें

तुम्हैं देखिबे की महाचाह बाढ़ी मिलापै विचारै सराहै स्मरै जू

रहे बैठि न्यारी घटा देखि कारी बिहारी बिहारी बिहारी ररै जू

इन दोनों पदों में कुल वर्ण 24 हैं तथा प्रयुक्त शब्दों की कुल मात्राओं की संख्या 40 है. (संयुक्ताक्षर को एक ही वर्ण का माना जाता है)

इस तथ्य के लिए निम्नलिखित मनहर घनाक्षरी का उदाहरण लें, जिसके प्रत्येक पद में 31 वर्ण होते हैं –

शस्यश्यामला सघन रंगरूप से मुखर देवलोक की नदी है आज रुग्ण दाह से = 31 वर्ण, 46 मात्राएँ

लोभ मोह स्वार्थ मद पोरपोर घाव बन रोमरोम रीसते हैं हूकती है आह से = 31 वर्ण, 47 मात्राएँ

जो कपिल की आग के विरुद्ध सौम्य थी बही अस्तपस्तलस्त आज दानवी उछाह से =31 वर्ण, 48 मात्राएँ

उत्स है जो सभ्यता व उच्च संस्कार की वो सुरनदी की धार आज रिक्त है प्रवाह से = 31 वर्ण, 49 मात्राएँ

वर्णिक छन्दों, जैसे कि सवैया, घनाक्षरी आदि, के पदों में वर्णों की संख्या का ही महत्त्व होता है, न कि पदों में प्रयुक्त हुए शब्दों की कुल मात्राओं का, जैसाकि मात्रिक छन्दों में होता है, जहाँ प्रयुक्त शब्दों की मात्राओं की ही आवश्यकता होती है. इसी वर्ण संख्या के अनुसार पदों तथा चरणों का निर्धारण होता है.

गण

रचनाकर्म में सुविधा और गणितीय संतुलन के लिए तीन-तीन वर्णों के समूह बनाये गये हैं. इन्हीं समूहों को गण कहते हैं. गुरु और लघु मात्राओं के नियत सम्मिलन से गणों का निर्माण होता है. गणों को आठ समूहों में बाँटा जाता है. इन्हीं आठ समूहों, गुरु वर्ण तथा लघु वर्ण के साथ आवश्यक विभिन्न व्यवस्थाओं, को अलग-अलग गण के रूप में पहचान मिलती है. जैसे -

तीनों गुरु समूह SSS, इस समूह को मगण कहते है.

तीनों लघु समूह III, इस समूह को नगण कहते हैं.

अब मगण समूह में वर्णों का परिवर्तन कर अन्यान्य समूहों को देखते हैं.

तीनों गुरु	(SSS)	मगण
लघु गुरु गुरु	(ISS)	यगण
लघु लघु गुरु	(IIS)	सगण
तीनों लघु	(III)	नगण
गुरु लघु गुरु	(SII)	भगण
गुरु गुरु लघु	(SSI)	तगण
गुरु लघु गुरु	(SIS)	रगण
लघु गुरु लघु	(ISI)	जगण

उपरोक्त समूहों को याद रखने के लिए निम्नलिखित रूप से सूत्रवत लिखा जाता है

यमाताराजभानसलगा

इसे याद करने के लिए यों उच्चारित किया जाय

यमाता-राजभान-सलगा

य   = यगण

मा   = मगण

ता   = तगण

रा   = रगण

ज   = जगण

भा   = भगण

न   = नगण

स   = सगण

सूत्र में अंत में *'लगा'* वस्तुतः एक लघु और एक गुरु का परिचायक है.

इस सूत्र से सम्बन्धित एक रोचक तथ्य अवश्य जानने योग्य है. सूत्र के किसी अक्षर तथा उसके बाद के दो अक्षर अपनी-अपनी मात्राओं के अनुसार उस अक्षर से निरुपित होने वाले गण के वर्णों की व्यवस्था का परिचायक होते हैं. इसकारण, यह सूत्र से अत्यंत उपयोगी है. इस तथ्य को यों समझें

यमाताराजभानसलगा में से मान लिया, **ता** को लिया गया. तो, इसके ठीक बाद आने वाले दो अक्षर होंगे **रा** और **ज**. इस तरह तीन अक्षर हुए **ताराज**. यह तगण वर्ण का विन्यास है. यानि, ता (गुरु), रा (गुरु), ज (लघु) जिसे ऽऽ। या 221 या गुरु+गुरु+लघु की तरह लिखा जाता है.

इस सूत्र से पुनः एक अक्षर लिया गया **स**. इसके आगे के दो अक्षर हैं **ल** और **गा**. यानि अक्षर-समूह बना **सलगा** यानि **स** (लघु), **ल** (लघु), **गा** (गुरु), जिसे।।ऽ या 112 या लघु+लघु+गुरु से निरुपित किया जाता है, जोकि सगण का वर्ण-विन्यास है.

एक बार फिर से देखा जाय. यमाताराजभानसलगा के सूत्र से एक अक्षर लिया गया **ज**. इसके आगे के दो अक्षर क्रमशः **भा** और **न** हैं. तो समूह बना **जभान**, यानि **ज** (लघु), **भा** (गुरु), **न** (लघु). इसे चिह्नित करें तो।ऽ। या 121 या लघु+गुरु+लघु होगा. यही जगण का वर्ण-विन्यास है.

उपर्युक्त गण व्यवस्था को अच्छी तरह से कंठस्थ कर लेना आवश्यक है. छन्द प्रयास में इनकी बहुत महत्ता है. ऊपर कहे हुए को और स्पष्ट करती हुई

सारिणी –

गण	विन्यास	चिह्न/संकेत	तदनुरूप शब्द
यगण	यमाता	।ऽऽ	भवानी
मगण	मातारा	ऽऽऽ	दीवाना
तगण	ताराज	ऽऽ।	वाचाल
रगण	राजभा	ऽ।ऽ	सारथी
जगण	जभान	।ऽ।	विचार
भगण	भानस	ऽ।।	संभव
नगण	नसल	।।।	नमन
सगण	सलगा	।।ऽ	मनसा

ध्यातव्य : छान्दसिक रचनाएँ अवश्य ही गेय (गायी जा सकने वाली) होती हैं. इसका कारण यह है कि या तो उनके पदों में शब्दशः मात्रायें निर्धारित होती हैं, या, उनके वर्णों का क्रम निर्धारित होता है.

तुक या तुकान्तता

यह जान कर आश्चर्य होगा कि छन्दों के इतने लम्बे इतिहास के प्रारम्भ में तुकान्तता की कोई मान्य परिपाटी नहीं थी. लेकिन कालान्तर में तुकान्तता छन्द शास्त्र का अनिवार्य हिस्सा हो गयी. विशेषकर, हिन्दी के पुराने प्रारूप की रचनाओं में तुकान्तता की उपस्थिति अवश्य दिखती है. जहाँ से यह आधुनिक हिन्दी की छान्दसिक रचनाओं में या गेय रचनाओं में स्वतः आ गयी.

आधुनिक छान्दसिक रचनाओं या गेय रचनाओं में पदों या पंक्तियों में तुकान्तता का बड़ा महत्त्व है. इनके बिना स्वीकार्य गेय रचनाएँ उचित नहीं मानी जातीं. कारण कि, इनके बिना गेय रचनओं के लालित्य और प्रस्तुतीकरण में भारी कमी आ जाती है. तात्पर्य है, कि काव्यकर्म में मात्र मात्राओं या वर्णों का ही निर्वाह नहीं होता, बल्कि छान्दसिक रचनाओं (मात्रिक या वर्णिक) में उनके पदों या उनकी पंक्तियों का अन्त भी नियमानुकूल हो, इस तथ्य का भी अवश्य ध्यान रखा जाता है.

तुकान्तता के निर्वहन में मात्र अन्त्याक्षर ही नहीं मिलाये जाते बल्कि प्रभावी अक्षर के स्वर के अनुसार भी शब्दों का मिलाना आवश्यक हुआ करता है.

पदों या पंक्तियों की तुकान्तता तीन तरह से निबाही जाती है :

1. उत्तम तुकान्तता

2. मध्यम तुकान्तता

3. निकृष्ट या अधम तुकान्तता

रचनाओं में गेयता और उच्चारण के अनुसार निकृष्ट या अधम तुकान्तता के प्रयोग न किये जायँ. उदाहरण -

तुकान्तता	उत्तम	मध्यम	निकृष्ट
।ऽ	खाइये, जाइये	सूचना, बूझना	देखिये, रोइये
।।	आवत, जावत	जागत, पावत	साजन, दीनन
।।।	नमन, गमन	सुमति, विपति	उचित, सुनत
।।।।	बरसत, तरसत	विहँसत, हुलसत	अरुचित, तड़पत

ऽऽ	मनाना, जनाना	सहारा, सकारा	विधाता, पलीता
ऽ।	विधान, निधान	सुधार, हज़ार	सुधीर, कहार

अर्थात, तुकान्त में अंत्याक्षर और तदनुरूप अक्षरों के स्वर अवश्य समान हों. जहाँ तक संभव हो सके, अन्त के ठीक पूर्व का अक्षर कम से कम समान हो. यदि ऐसा न हो पाये तो समान स्वर का तो अवश्य हो. इसतरह के व्यवहार से कविता सुनने में सरस और पढ़ने में सुगढ़ लगती है. इस हिसाब से, उत्तम और मध्यम तुकांतता सर्वमान्य और स्वीकार्य हैं.

मात्र स्वर सामिप्य के आधार पर हुई तुकान्तता कर्णकटु तो नहीं लगती. लेकिन छान्दसिक रचनाओं के स्तर को गिरा अवश्य देती है. अतः कतिपय कवियों के द्वारा ऐसी तुकान्तता अपनाये जाने के बावजूद यह सर्वमान्य नहीं है. इस तरह की किसी तुकान्तता से जहाँ तक संभव हो, बचना चाहिये. तुकान्तता के क्रम में दो महत्त्वपूर्ण स्थितियाँ बनती हैं -

क. समान्तता

ख. पदान्तता

पदान्तता किसी चरण या पद का अन्तिम भाग है. जबकि समान्तता पदान्त शब्द या शब्द-समूह के ठीक पहले वाले शब्द से निर्धारित होती है. पदान्तता और समान्तता ही किसी पद या चरण की तुकान्तता को निर्धारित करती हैं. तुकान्तता के नियम दोनों स्तिथियों में लागू होते हैं.

उदाहरण के तौर पर हम दो छन्द प्रस्तुत कर रहे हैं. पहला छन्द दोहा छन्द है तथा दूसरा मनहर घनाक्षरी है.

1) दोहा छन्द

मुँदे-मुँदे से नैन चुप, अलसायी-सी देह
मौसम बेमन लेपता, उर्वर मन पर रेह

2) मनहर घनाक्षरी छन्द

हम कृतघ्न पुत्र हैं या दानवी प्रभाव है, स्वार्थ औ प्रमाद में ज्यों लिप्त हैं वो क्या कहें

ममत्व की हो गोद या सुरम्यता कारुण्य की, नकारते रहे सदा मूढ़ता को क्या कहें

इस धरा को सींचती दुलार प्यार भाव से, गंगधार संग जो कुछ किया सो क्या कहें

अमर्त्य शास्त्र से धनी प्रबुद्धता असीम यों, आत्महंत की प्रबल चाहना को क्या कहें

पहले छन्द, यानि दोहा छन्द में **देह** और **रेह** तुकान्त शब्द हैं. इनकी तुकान्तता **देह** और **रेह** के कारण **एह** से निर्धारित होती है. दूसरे उदाहरण, यानि मनहर घनाक्षरी छन्द में **वो क्या कहें**, **को क्या कहें**, **सो क्या कहें** आदि भी तुकान्त शब्द समूह हैं, जहाँ **वो**, **को** या **सो** आदि समान्त कहलाते हैं, जबकि **क्या कहें** शब्द-समूह को पदान्त कहते है.

दूसरे उदाहरण को ध्यान से देखा जाय तो स्पष्ट होता है कि पदान्त का निर्वहन सभी पदों में एक समान ही है. लेकिन, समान्त शब्द का निर्वहन तुकान्तता के नियमों के अनुसार हुआ है.

कहने का मतलब है कि तुकान्तता के नियम छन्दों में दो तरह से निभाये जाते हैं. या तो पदान्त ही तुकान्त होते हैं, जैसा कि पहले उदाहरण (दोहा छन्द) में हुआ है. या फिर, समान्त शब्द ही तुकान्तता के अनुसार होते है तथा पदान्त छन्द के सभी पदों में समान रूप से विद्यमान होता है, जैसा कि दूसरे उदाहरण (मनहर घनाक्षरी छन्द) में हुआ है.

वैसे, ध्यातव्य है, कि, हिन्दी भाषा के काव्यकर्म में अंग्रेज़ी या संस्कृत भाषा की तरह भिन्न तुकान्तता के भी प्रयोग हुए हैं. वे पंक्तियों या पदों के शब्द संयोजन के आधार पर मान्य या अमान्य हुए हैं. इसका सुन्दर उदाहरण अयोध्या प्रसाद सिंह 'हरिऔंध' की काव्यकृति 'प्रियप्रवास' है.

छन्द के प्रकार

छन्द मुख्यतः दो प्रकार के होते हैं.

1. मात्रिक छन्द. यानि, काव्यपदों के सभी शब्दों की कुल मात्रायें अलगअलग चरणों में नियत रहती हैं.

2. वर्णिक छन्द. यानि, काव्यपदों के सभी शब्द नियत वर्ण के अनुसार निर्धारित होते हैं.

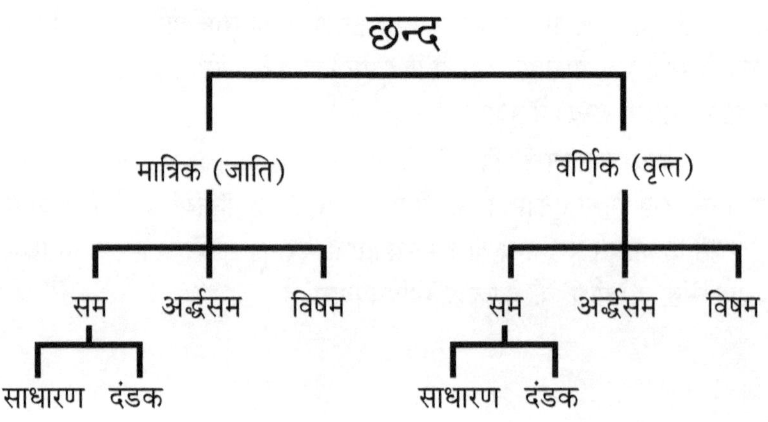

मात्रिक छन्द के भेद

हालाँकि यह सदा संभव नहीं होता, किन्तु किसी छन्द में अमूमन चार चरण होते हैं. जिनके चारों चरणों की कुल मात्रायें निर्धारित हों, उन्हें मात्रिक छन्द कहते हैं. ऐसे में वर्णों की संख्या या क्रम का नियत होना कोई आवश्यक नहीं है.

क) सम मात्रिक छन्द

जिस मात्रिक छन्द के सभी चरणों की कुल शाब्दिक मात्रायें समान हों,

उन्हें सम मात्रिक छन्द कहते हैं.

जैसे, चौपाई छन्द. इसके सभी चरणों में शब्दों की कुल मात्रायें 16 होती हैं. या, चौपई छन्द जिसके चरणों में सभी शब्दों की कुल मात्रायें 15 होती हैं. उल्लाला छन्द भी इसका उदाहरण है.

ख) अर्द्धसम मात्रिक छन्द

एक पद के चरणों में क्रमशः मात्रायें तो नियत हों किन्तु समान संख्या में न हों तो ऐसे छन्दों को अर्द्धसम मात्रिक छन्द कहते हैं. जैसे, दोहा छन्द का उदाहरण लिया जा सकता है. विषम चरण की कुल मात्रा 13 होती है, तो सम चरण में कुल मात्रायें 11 होती हैं. या, सोरठा छन्द. जिसके विषम चरणों की कुल मात्रायें 11 होती हैं और सम चरणों की कुल मात्रायें 13 होती हैं.

ग) विषम मात्रिक छन्द

जो छन्द न सम मात्रिक हों, न ही अर्द्धसम मात्रिक, तो उन्हें विषम मात्रिक छन्दों के समूह का माना जाता है. जैसे, कुण्डलिया छन्द, छप्पय छन्द आदि.

अब निम्नलिखित छन्द में उपरोक्त जानकारियों को परखें

हे प्रभो! आनन्ददाता ज्ञान हमको दीजिए।

शीघ्र सारे दुर्गुणों को दूर हमसे कीजिए।

लीजिए हमको शरण में हम सदाचारी बनें।

ब्रह्मचारी धर्मरक्षक वीर व्रतधारी बनें।। (पं. राम नरेश त्रिपाठी)

पहले पद में *आनन्द दाता* शब्द के ठीक बाद स्वयं ही विराम लगता है. फिर, *ज्ञान हमको दीजिये* का पाठ होता है. दूसरे पद में *दुर्गुणों को* के बाद विराम आता है. उसके बाद *दूर हमसे कीजिये* को पढ़ा जाता है. तीसरे पद में *शरण में* के बाद विराम आता है, तो चौथे पद में *धर्मरक्षक* के बाद विराम आता है.

यदि ध्यान से देखा जाय तो हर पद की कुल मात्रा 26 है. हर पद में विराम के पूर्व की यानि विषम चरण में आये शब्दों की कुल मात्रा 14 है तथा बाद के चरण की यानि सम चरण में आये शब्दों की कुल मात्रा 12 है. यह हर पद के

साथ है हुआ है. अर्थात विषम चरण के शब्दों के मात्रा तथा सम चरण के शब्दों की मात्रायें समान नहीं है. यह निर्धारण प्रस्तुत छन्द रचना के चारों पदों में द्रष्टव्य है. इस हिसाब से यह एक अर्द्धसम मात्रिक छन्द हुआ.

इस छन्द को उपरोक्त जानकारियों के अनुसार निम्नलिखित तरीके से परिभाषित किया जा सकता है –

यह छन्द चार पदों का एक अर्द्धसम मात्रिक छन्द है जिसके सभी पद दो चरणों में विभक्त हैं. प्रत्येक पद की कुल मात्रा 26 होती है तथा यति 14-12 पर होती है.

यही गीतिका छन्द का नियम भी है. अर्थात उपरोक्त छन्द प्रस्तुति गीतिका छन्द का उदाहरण है.

वर्णिक छन्द के भेद

ऐसी छान्दसिक रचनाएँ जिनका शब्द-संयोजन वर्णों की गिनती और उनकी विशेष व्यवस्था के अनुसार सधा हो, उन्हें वर्णिक छन्द में निबद्ध रचनाएँ कहते हैं. ऐसी रचनाओं के पद गणों (वर्ण समूह) के अनुसार या वर्ण-व्यवस्था के अनुसार नियमित होते हैं. जैसे, सवैया, घनाक्षरियाँ आदि.

सम वर्णिक छन्द, अर्द्धसम वर्णिक छन्द तथा विषम वर्णिक छन्दों की व्याख्या भी उसी लिहाज से होती है जैसे कि मात्रिक छन्दों के भिन्न-भिन्न रूपों की व्याख्या होती है. अंतर केवल यही होता है कि मात्रिक छन्दों में मात्राओं के अनुसार समूह का निर्धारण होता है तो वर्णिक छन्दों के लिए यही बात वर्ण के अनुसार होती है.

छान्दसिक रचनाओं के पद 26 मात्राओं तक के होते हैं. पदों में लघु और गुरु वर्णों का क्रम यदि नियत हो तो ऐसी रचनायें ‘वर्णछन्द’ या ‘वृत्त’ कहलाती हैं.

26 से अधिक मात्राओं के पद वाली रचनाओं को ‘दण्डक’ कहते हैं.

वर्णिक छन्द छन्दशास्त्र के आठ गणों यगण, मगण, तगण, रगण, जगण, भगण, नगण, सगण की विभिन्न आवृत्तियों से अपने पदों के आकार पाते हैं.

अधिकांश वर्णिक छन्द चार पदों के होते हैं. चारों पदों में समान

तुकान्तता हुआ करती है.

वर्णिक छन्दों के पदों में शब्दों का संयोजन स्वयं रचनाकार द्वारा नहीं किया जाता. इस कारण, वर्णिक छन्दों में मात्रिकता निभाने के लिए शब्दकलों को संयत करने और उन्हें साधने की आवश्यकता नहीं पड़ती. इसका कारण ये है कि सभी वर्णिक छन्दों के पदों के लिए आवश्यक गणों की आवृतियाँ पहले से ही निर्धारित रहती हैं, जिनके अनुसार शब्दों को बैठा भर देना होता है. यानि, आठों गणों के तीनों वर्ण एक विशिष्ट आवृति में होते हैं. उनके एक गुरु से बने द्विकल का परिवर्तन दो लघुओं के द्विकल से होना संभव नहीं है. या, इसी के उलट, दो लघुओं का द्विकल एक गुरु के द्विकल से परिवर्तित नहीं हो सकता. अर्थात वर्णिक छन्दों में दो लघुओं का एक गुरु में परिवर्तन नहीं हो सकता. इसी तरह एक गुरू दो लघुओं में नहीं बदला जा सकता. इसकी विशद विवेचना आगे छन्दों के पाठ में देखेंगे।

कहने का तात्पर्य है, कि पदों का फ़ॉर्मेट पहले से निर्धारित हुआ करता है और रचनाकार उसीके अनुसार शब्द सेट करते हैं. जबकि शब्दकलों को साधने का अभ्यास मात्रिक छन्दों में विशेष रूप से करना पड़ता है.

शुद्ध और अशुद्ध अक्षर

अब शुद्ध अक्षर और अशुद्ध अक्षर या दग्धाक्षर के बारे में चर्चा हो जाय. छन्दशास्त्र में कुछ ऐसे अक्षर चिह्नित हैं, जिनसे किसी काव्य का प्रारम्भ होना प्रस्तुतियों के शुद्ध या अशुद्ध होने का कारण माना जाता है. विशेषकर किसी काव्य या खण्ड काव्य का मंगलाचरण शुद्ध और अशुद्ध अक्षरों के प्रति बहुत संवेदनशील होता. इनका बर्ताव छन्द-रचनाओं के क्रम में शुभाशुभ के फल को ध्यान में रखते हुए किया जाता है.

आइये हम जानें कि शुद्ध और अशुद्ध अक्षर कौन-कौन से हैं.

शुद्ध अक्षर जानें –

कवर्ग से सभी व्यंजन किन्तु **ङ** को छोड़ कर,

चवर्ग से सभी व्यंजन किन्तु **झ** और **ञ** को छोड़ कर,

टवर्ग से कोई व्यंजन नहीं किन्तु **ड** शुद्ध है,

तवर्ग से सभी व्यंजन किन्तु **त** तथा **थ** को छोड़,

पवर्ग से कोई व्यंजन नहीं

य, श, स, क्ष – इस तरह से कुल 15 अक्षर

अशुद्ध अक्षर या दग्धाक्षर –

शुद्ध अक्षर से बचे सभी अक्षर (कुल 19 अक्षर)

लेकिन प्रमुख रूप से पाँच ऐसे व्यंजन हैं जिनका प्रयोग प्रथमाचरण के रूप में कत्तई न हो, यथा, **झ ह र भ ष.**

परिहार के तौर पर यानि छूट के तौर पर यह अवश्य कहा जाता है कि या तो ये अशुद्ध अक्षर ईश्वर या मंगलवाची शब्द का निर्माण का कारण हों या इनके साथ गुरु की मात्रा हो.

गोस्वामी तुलसीदास के रामचरितमानस या अन्य काव्यों को देखा जाय तो ज्ञात होगा कि अशुद्ध अक्षरों से किसी खण्ड का प्रारम्भ नहीं हुआ है !

किन्तु, स्वविवेक से यह भी सोचना चाहिये कि क्या शब्दों की शुद्धता या अशुद्धता का कोई तार्किक पहलू भी है? कारण कि, छन्द प्रयासों में शब्दों की ऐसी शुद्धता बाद के कई उद्भट्ट कवियों ने नहीं मानी है. न इस हेतु उन्होंने कोई विन्दु ही स्पष्ट किये हैं. दूसरे, ऐसी तथ्यात्मकता पौराणिक विषयों के खण्डकाव्यों के लिए संभव है भी तो आधुनिक विषयों पर इनका निर्वहन प्रासंगिक नहीं दिखता. लेकिन ये भी सही है कि शब्दों की शुद्धता-अशुद्धता छन्दशास्त्र की आवश्यक हिस्सा रही हैं.

शब्द-संयोजन

मात्रिक छन्दों में गेयता की सुनिश्चितता हेतु इन विन्दुओं को ध्यान समझें. शब्दों के उच्चारण और उसकी मात्राओं के समवेत स्वरूप के अनुसार शब्दों के 'कल' बनते हैं. जैसे, शब्दों के द्विकल, शब्दों के त्रिकल, शब्दों के चौकल, षटकल आदि. इन्हीं कलों के अनुसार पदों या पंक्तियों का प्रवाह निर्धारित होता है.

द्विकल, चौकल आदि शब्दों को सम मात्रिक शब्द कहते हैं. इन शब्दों में की कुल मात्रा दो या चार आदि सम संख्या होती हैं.

उदाहरण के लिए

वे – दो मात्राएँ

जो – दो मात्राएँ

सो – दो मात्राएँ

हम – दो मात्राएँ, (**ह** की एक मात्रा तथा **म** की एक मात्रा, 'हम' के उच्चारण में पड़ रहा स्वराघात **ह** तथा **म** पर एक साथ होता है)

वह – दो मात्राएँ, (**व** की एक मात्रा तथा **ह** की एक मात्रा, 'वह' के उच्चारण में पड़ रहा स्वराघात **व** तथा **ह** पर एक साथ होता है)

तुम – दो मात्राएँ, (**तु** की एक मात्रा तथा **म** की एक मात्रा, 'तुम' के उच्चारण में पड़ रहा स्वराघात **तु** तथा **म** पर एक साथ होता है)

निज – दो मात्राएँ, (**नि** की एक मात्रा तथा **ज** की एक मात्रा, 'निज' के उच्चारण में पड़ रहा स्वराघात **नि** तथा **ज** पर एक साथ होता है)

समाज – चार मात्राएँ

संभव – चार मात्राएँ, (**सं** की दो मात्राएँ तथा **भव** की दो मात्राएँ; **भ** – लघु तथा **व** – लघु) अर्थात, संभव का उच्चारण सं+भव की तरह होने से संभव दो द्विकलों का जमा या योग यानि चौकल है.)

लेकिन – चार मात्राएँ, (**ले** की दो मात्राएँ तथा **किन** की दो मात्राएँ, **लेकिन**

का उच्चारण **ले+किन** की तरह होने से यह दो द्विकलों का जमा या योग है)

व्यापक – चार मात्राएँ (**व्या** की दो मात्राएँ तथा **पक** की दो मात्राएँ, व्यापक का उच्चारण व्या+पक की तरह होने से यह दो द्विकलों का जमा या योग है)

त्रिकल शब्दों को विषममात्रिक शब्द कहते हैं.

कुछ उदाहरण हम देखें -

बड़ा – तीन मात्राएँ, (**ब** की एक मात्रा यानि एकल और **ड़ा** की दो मात्राएँ यानि द्विकल, इसतरह बड़ा शब्द एक एकल और एक द्विकल का योग है)

हुआ – तीन मात्राएँ, (**हु** की एक मात्रा यानि एकल और **आ** की दो मात्राएँ यानि द्विकल, इसतरह हुआ शब्द एक एकल और एक द्विकल का योग है)

कहाँ – तीन मात्राएँ, (**क** की एक मात्रा यानि एकल और **हाँ** की दो मात्राएँ यानि द्विकल, इसतरह **कहाँ** शब्द एक एकल और एक द्विकल का योग है)

काल – तीन मात्राएँ, (**का** की दो मात्राएँ यानि द्विकल तथा **ल** की एक मात्रा यानि एकल. **काल** एक द्विकल और एक एकल का योग है)

किन्तु –तीन मात्राएँ, (**किन्** की दो मात्राएँ यानि द्विकल तथा **तु** की एक मात्रा यानि एकल, किन्तु का उच्चारण **किन्+तु** होने से यह द्विकल और एकल का योग है)

स्वयं – तीन मात्राएँ, (**स्व** की एक मात्रा यानि एकल तथा **यं** की दो मात्राएँ यानि द्विकल, स्वयं का उच्चारण **स्व+यं** होने से यह एकल तथा द्विकल का योग है)

यहाँ ध्यान देने योग्य है कि स्वयं का त्रिकल उच्चारण के हिसाब से किन्तु के त्रिकल से अलग है. 'स्वयं' का विन्यास लघु+गुरु या।ऽ या 12 होगा जबकि 'किन्तु' का विन्यास गुरु+लघु या ऽ। या 21 की तरह होगा.

कहन – तीन मात्राएँ (**कहन** का उच्चारण **क+हन** की तरह होता है. अर्थात **क** की एक मात्रा यानि एकल तथा **हन** की दो मात्राएँ यानि द्विकल. अर्थात, 'कहन' एक एकल और एक द्विकल का योग है)

सुफल – तीन मात्राएँ (**सुफल** का उच्चारण **सु+फल** की तरह होता है. अर्थात **सु** की एक मात्रा यानि एकल तथा **फल** की दो मात्राएँ यानि द्विकल. अर्थात,

'सुफल' एक एकल और एक द्विकल का योग है)

यों, कोई शब्द षटकल हो तो वह उच्चारण के लिहाज से सममात्रिक ही हुआ करता है. यानि दो विषम शब्दों का पूर्ण स्वरूप होने से वह सम शब्द ही माना जाता है.

दीवाना, आवारा, परंपरा आदि षटकल शब्द के सही उदाहरण हैं.

दीवाना – छः मात्राएँ (**दी** की दो मात्राएँ यानि एक द्विकल, **वा** की दो मात्राएँ यानि एक द्विकल, **ना** की दो मात्राएँ यानि एक द्विकल. कुल मिलाकर तीन द्विकल यानि कुल छः मात्राएँ)

इसी तरह *आवारा* की कुल मात्रा छः हुई. यानि यह भी एक षटकल शब्द है.

परंपरा – छः मात्राएँ (**परं** की तीन मात्राएँ यानि त्रिकल, **परा** की तीन मात्राएँ यानि त्रिकल. कुल मिला कर दो त्रिकल हुए यानि एक षटकल शब्द)

व्यवहार शब्द द्विकल और त्रिकल का समूह है. **व्यव** द्विकल हुआ तथा **हार** त्रिकल है.

इस तथ्य को अच्छी तरह से समझ लेने के बाद चरणों के कुल शब्दों की मात्रा को गिनने के अलावा पदों के शब्द-विन्यास को निर्धारित करने में भी आसानी हो जाती है. साथ ही साथ, गेयता को सुचारू रूप से निर्धारित करने के क्रम में मात्रिकता को निभाना भी सरल तथा सहज हो जाता है. यानि कोई मात्रिक पद (छन्द की एक पंक्ति) मूलतः सम शब्दों का ही समुच्चय हुआ करता है. अर्थात,

क) कोई विषम शब्द (त्रिकल) हो तो उसके ठीक बाद विषम शब्द (त्रिकल) रख कर षटकल बनाने से सम शब्द का आभास संभव हो जाता है.

ख) मात्रिक छन्दों में विषम शब्द के बाद विषम शब्द ही आए.

ग) सम के बाद एकदम से विषम शब्द न आए.

घ) यदि सम मात्रिक शब्द के बाद विषम मात्रिक शब्द आ भी जाए तो उस विषम शब्द के बाद एक और विषम शब्द रख कर सभी शब्दों के समुच्चय को सम मात्रिक बना लेते हैं. इसे उदाहरण द्वारा इसे समझा जाय.

'बड़ा हुआ तो क्या हुआ जैसे पेड़ खजूर' जैसे पद में 'बड़ा' (त्रिकल) के बाद 'हुआ' (त्रिकल) है. दोनो मिल कर 'बड़ा हुआ' जैसे एक षटकल का

निर्माण करते हैं जिसकी कुल संख्या छः है जो कि एक सम संख्या है. इस तरह गेयता या पढ़ने के (वाचन) प्रवाह में कोई दिक्कत नहीं आती.

इस तरह, यह देखने में आता है कि उच्चारण का कलों के निर्धारण में विशेष महत्त्व होता है. इस तथ्य की महत्ता को हम छन्दों की समझ के समय देखेंगे.

यानि, छान्दसिक रचनाओं में मात्र लघु या ह्रस्व और गुरु या दीर्घ के स्थानों का निर्धारण मात्र प्रभावी नहीं होता. बल्कि छान्दसिक रचनाओं में सरस गेयता या सुगढ़ गति को प्राप्त करने के लिए ये शब्दकल बहुत बड़ी भूमिका निभाते हैं.

उपर्युक्त विन्दुओं पर समुचित ध्यान न दिया गया तो पदों में प्रयुक्त शब्दों के अव्यवस्थित क्रम छान्दसिक रचनाओं के स्तर को एकदम से गिरा देंगे. क्योंकि गेयता, जोकि छान्दसिक रचनाओं का अपरिहार्य अंग है, अवश्य भंग प्रतीत होगी. भले ही उन रचनाओं के पदों में गुरु या मुख्य रूप से लघु अक्षर का स्थान नियमानुकूल हो.

वैसे इन विन्दुओं पर छन्दों पर चर्चा के दौरान विस्तार से बातें होती रहेंगी.

पद्य रचनाओं में पंक्चुएशन के चिह्न

वस्तुतः, छान्दसिक रचनाएँ पढ़ने की चीज़ थी ही नहीं. ये श्रोताओं द्वारा सुनने के लिए लिखी अथवा कही जाती थीं. काव्यगत प्रस्तुतियों की अवधारणा ही यही थी. इन अर्थों में किसी तरह के पंक्चुएशनचिह्नों का कोई अर्थ या उपयोग नहीं हुआ करता था. रचनाकार अपनी भंगिमाओं, स्वरों में उतारचढ़ाव और पढ़ने के अंदाज़ द्वारा अपने पदों के शाब्दिक और अंतनिर्हित भाव श्रोता तक पहुँचाता था. इसी कारण छान्दसिक रचनाओं में अलंकारों की आवश्यकता हुई. ताकि, संप्रेषण के क्रम में आवश्यक कौतुक या चमत्कार पैदा किया जा सके. इसीकारण, एक समय ऐसा भी आया, जब विन्यास-कौतुक और काव्य-चमत्कार मूल कथ्य पर ही भारी पड़ने लगे थे.

सबसे रोचक तथ्य यह भी है कि बेसिक चिह्नों को यानि पूर्णविराम या संगीत के कतिपय चिह्नों को छोड़ दें तो कोई चिह्न भारतीय काव्यशास्त्र तो छोड़िये, भाषा-व्याकरण का भी सनातनी अंग नहीं रहे हैं. इनको या तो गणितशास्त्र से उधार लिया गया है, या विदेशी भाषाओं से इनका आयात हुआ है. जैसे, अल्पविराम, कोलन, सेमी कोलन, डैश, विस्मयादिबोधक या प्रश्नवाचक चिह्न, इन्वर्टेड कॉमा आदिआदि..

इस आलोक में यह भी कहना उचित होगा कि पंक्चुएशन के चिह्न मूलतः दो प्रकार होते हैं -

एक, जिनका प्रयोग डेलिमिनेटर की तरह होता है. यानि, वाक्य, जोकि शब्दबद्ध हो रहे भावों का वाचिक निरुपण हैं, उनके बीच सेपेरेशन के लिए या यति (रुकावट) के लिए इनका प्रयोग होता है. जैसे, पूर्णविराम, अल्पविराम, डैश आदि.

दूसरे, वे चिह्न जो उन वाक्यों के भावों या वाक्यों की अवस्था को प्रस्तुत करने के लिए प्रयुक्त किये जाते हैं. जैसे प्रश्नवाचक चिह्न, विस्मयादिबोधक चिह्न, इन्वर्टेड कॉमा, डॉट्स, डैश आदि.

दोनों प्रकार के चिह्नों का प्रयोग एक जैसा या एक जैसे उद्येश्य के

लिए विरले ही होता है. अब तो वाक्यों के साथ-साथ कई किस्म के स्माइली के प्रयोग भी आम हो चले हैं. जो ऑनलाइन चैटिंगबॉक्स से निकल कर विभिन्न अभिव्यक्तियों का हिस्सा बनने लगे हैं. ये स्माइली वाक्यों को मात्र चिह्नित ही नहीं करते, बल्कि उनके अंतर्निहित भावों को दृश्य रूप में प्रस्तुत करने का माध्यम बनने लगे हैं. जैसे कि हास्यपरक वाक्य के बाद मुस्कान की स्माइली, व्यंग्यात्मक वाक्यों के बाद ‘कनखी’ या इशारे की स्माइली, चिढाऊ वाक्यों के बाद ‘जीभ बिराने’ की स्माइली आदि. लेकिन अभी तक इन स्माइलियों को साहित्यिक रचनाओं में प्रयुक्त नहीं किया जाता है, न इनको वैधानिक मान्यता ही मिली है.

किसी पद के बाद विस्मयादिबोधक और प्रश्नवाचक चिह्नों का प्रयोग इन्हीं अर्थों में होता है. या, कई बार इन दोनों का एक साथ भी प्रयोग कर दिया जाता है ताकि एक पद या पंक्ति या पद के यौगिक भाव उभर कर आयें तथा पाठक उनसे अपने विचारों की तारतम्यता बिठा सकें. यानि इनके माध्यम से उक्त पद पाठक के लिए मात्र प्रश्न न हो कर औचक ही तारी हो गयी भावदशा को भी अभिव्यक्त करने का माध्यम हो जाता है. इस तरह, हम देखते हैं कि वाक्यों में या पंक्तियों में पंक्चुएशन के चिह्नों का उचित और सटीक प्रयोग आवश्यक है.

दोहा छन्द

दोहा एक ऐसा छन्द है जो शब्दों की मात्राओं के अनुसार निर्धारित होता है. यानि मात्रिक छन्दों में यह अर्द्ध सममात्रिक छन्द है.

दोहा छन्द दो पदों का होता है. प्रत्येक पद में दो चरण होते हैं. पहले चरण को विषम चरण तथा दूसरे चरण को सम चरण कहा जाता है. विषम चरण की कुल मात्रा 13 होती है तथा सम चरण की कुल मात्रा 11 होती है.

अर्थात दोहा का प्रत्येक पद 13-11 की यति पर सधा होता है. एक प्रसिद्ध दोहे का पहला पद

विद्या धन उद्यम बिना, कहो जु पावै कौन

।(———विषम चरण———)। (–सम चरण–)।

।(————————पद——————————)।

दोहा छन्द मात्रा के हिसाब से 13-11 की यति पर ही निर्भर न हो कर शब्दसंयोजन हेतु विशिष्ट विन्यास पर भी निर्भर करता है. बल्कि दोहा छन्द ही क्यों हर मात्रिक छन्द के लिए विशेष शाब्दिक विन्यास का प्रावधान होता है.

यह अवश्य है कि दोहा का प्रारम्भ यानि कि विषम चरण का प्रारम्भ ऐसे शब्द से नहीं होता जो या तो जगण (जभान या ।ऽ। या 121 या लघु+गुरु+लघु) हो या उसका विन्यास जगणात्मक हो. अलबत्ता, देवसूचक संज्ञाएँ जिनका उक्त दोहे के माध्यम में बखान हो, इस नियम से परे हुआ करती हैं. जैसे, गणेश या महेश आदि शब्द.

दोहे कई हैं. कुल 23 दोहों को सूचीबद्ध किया गया है. लेकिन हम उन सभी पर अभी बातें न कर दोहाछन्द की मूल अवधारणा पर ही ध्यान केन्द्रित रखेंगे.

इस पर यथोचित अभ्यास हो जाने के बाद ही दोहे के अन्यान्य प्रारूपों पर अभ्यास करना उचित होगा. जोकि, अभ्यासियों के लिये व्यक्तिगत तौर पर अपनाया हुआ प्रयास ही अधिक होगा.

दोहे के मूलभूत नियम

1. दोहे का आदि चरण यानि विषम चरण विषम शब्दों से यानि त्रिकल से प्रारम्भ हो तो शब्दों का संयोजन 3+3+2+3+2 यानि त्रिकल+त्रिकल+द्विकल+त्रिकल+द्विकल के अनुसार होगा और चरणांत रगण (राजभा या ऽ।ऽ या 212 या गुरु+लघु+गरु) या नगण (नसल या।।। या 111 या लघु+लघु+लघु) होगा.

2. दोहे का आदि चरण यानि विषम चरण सम शब्दों से यानि द्विकल या चौकल से प्रारम्भ हो तो शब्दों का संयोजन 4+4+3+2 यानि चौकल+चौकल+त्रिकल+द्विकल के अनुसार होगा और चरणांत पुनः रगण (राजभा या ऽ।ऽ या 212 या गुरु+लघु+गरु) या नगण (नसल या।।। या 111 या लघु+लघु+लघु) ही होगा.

देखा जाय तो नियम-1 में पाँच कलों के विन्यास में चौथा 'कल' त्रिकल है. या नियम-2 के चार कलों के विन्यास का तीसरा 'कल' त्रिकल है. उसका स्वरूप अवश्य ऐसा होना चाहिये कि उच्चारण के अनुसार मात्रिकता गुरु+लघु (ऽ। या 21) ही बने. इसे उदाहरण द्वारा समझा जाये -

एक विषम चरण - *खिला-खिला था कमल जब*

देखा जाय तो, *कमल* जैसे शब्द का शब्दकल लघु+गुरु या।ऽ या 1 2 होगा. क्योंकि *कमल* का उच्चारण *क+मल* होता है. विषम चरण के अनुसार दोहा छन्द के विषम चरण के उक्त स्थान के त्रिकल के तौर पर ऐसा कोई शब्द जिसका स्वराघात लघु+गुरु हो (यानि, क+मल की तरह हो), उसे त्याज्य समझना चाहिये. अन्यथा, चरणान्त नगण (।।।) होता हुआ भी, उच्चारण के कारण गेयता के उच्च स्वरूप का निर्वाह नहीं हो पायेगा. जबकि, सहज वाचन और उच्च स्तर की गेयता छान्दसिक रचनाओं के लिए अनिवार्य गुण हैं.

इसी तथ्य को एक और दोहे के पहले चरण या विषम चरण से समझने का प्रयास करें – *करवट-करवट घन उधर*

उपर्युक्त चरण में शब्दों में हेरफेर किया जाय *करवट-करवट उधर घन*

दोनों वाक्यांशों में से किस चरण में सहज प्रवाह है? अवश्य ही *'करवट-करवट घन उधर'* को पढ़ने में सहज प्रवाह अधिक बन रहा है, बनिस्पत

'करवट-करवट उधर घन' के. इसके कारण को एक बार फिर से देखा जाय. सारा मामला *घन उधर* तथा *उधर घन* के उच्चारण में निहित है.

घन उधर में शब्द-संयोजन द्विकल+त्रिकल के अनुरूप है. *उधर* शब्द के त्रिकल का उच्चारण *उ+धर* की तरह है. यानि, *उधर* में *उ* के उच्चारण के ठीक बाद *धर* शब्द का उच्चारण एक स्वराघात में होता है. यानि, *धर* का उच्चारण *'ध र'* न हो कर *धर* होता है. ऐसे में, इन दोनों भागों का योग उच्चारण के लिहाज से रगण (राजभा या ऽ।ऽ या 212 या गुरु+लघु+गुरु) का आभास कराता है. इस हिसाब से, *उधर घन* का उच्चारण *उ+धर घन* की तरह होने से वो एकल+द्विकल+द्विकल, यानि उच्चारण के आधार पर यगण (यमाता, ।ऽऽ, 122, लघु+गुरु+गुरु) का आभास कराता है. यही इस वाक्यांश के वाचन में लयभंग का कारण है. क्योंकि, दोहे के विषम चरण का अन्त रगण (राजभा या ऽ।ऽ या 212 या गुरु+लघु+गुरु) से हो तो ही कर्णप्रिय गेयता संभव है.

पुनः ध्यान दें, कि, ऐसी परिस्थितियों में यगण का आभास तदनुरूप उच्चारण के कारण है, न कि शब्दों के विन्यास के कारण. चूँकि छन्दों या गेय रचनाओं का वाचन प्रवाह ही पदों अथवा पंक्तियों में गति का कारण हुआ करता है, अतः शब्द-प्रयोग के इस विन्दु पर हमें एक जागरुक रचनाकार होने के कारण सदा सचेत रहना होगा.

3. दोहे के सम चरण का विन्यास समकल शब्दों से प्रारम्भ हो तो यह 4+4+3 यानि चौकल+चौकल+त्रिकल होगा. इस त्रिकल का विन्यास अवश्य ही गुरु+लघु हो. क्यों कि इसी त्रिकल पर दोहे के पदान्त को निर्धारित करने का दायित्व है.

4. दोहे के सम चरण का विन्यास विषमकल शब्दों से प्रारम्भ हो तो यह 3+3+2+3 यानि त्रिकल+त्रिकल+द्विकल+त्रिकल के अनुसार होता है. इस सूत्र के अन्तिम त्रिकल का विन्यास अवश्य ही गुरु+लघु हो. क्यों कि इसी त्रिकल पर दोहे के पदान्त को निर्धारित करने का दायित्व है.

5. मात्रिक रूप से दोहों के सम चरण का अंत यानि चरणांत गुरु+लघु या ऽ। य 21 से अवश्य होता है.

उपर्युक्त पाँचों नियमों को उपलब्ध दोहा छन्दों में कैसे निभाया गया है, इसे समझने का प्रयास किया जाय. उपर्युक्त नियमों के आधार पर एक दोहे को

परखा जाय

कबिरा खड़ा बजार में, लिये लुकाठी हाथ
जो घर जारै आपनो, चलै हमारे साथ

पहले पद का विषम चरण - *कबिरा खड़ा बजार में*

कबिरा – चौकल

खड़ा ब – चौकल

जार – त्रिकल

में – द्विकल..

अर्थात, इस विषम चरण का विन्यास नियम - 2 के अनुसार है.

चरणान्त का शब्द-समूह *जार में* है, जोकि रगण (राजभा या ऽ।ऽ या 212 या गुरु+लघु+गुरु) के विन्यास में है (नियम-1 एवं नियम - 2).

पहले पद का सम चरण – *लिये लुकाठी हाथ*

लिये - त्रिकल

लुका - त्रिकल

ठी - द्विकल

हाथ -त्रिकल

अर्थात, इस सम चरण का विन्यास नियम-4 के अनुसार है.

साथ ही, *हाथ* शब्द यानि गुरु+लघु या ऽ। या 21 से हुआ चरणान्त (दोहो के पहले पदका पदान्त) के कारण नियम-5 संतुष्ट हो रहा है.

कुछ आधुनिक दोहे

जी चाहा तो चख लिया, वर्ना है बेकार
कविता अब तो प्लेट में, रक्खा हुआ अचार

जा, बन जा विद्रोहिणी, और न रह मासूम
माँ ने बेटी से कहा, उसका माथा चूम   (हरे राम समीप)

हृदय धड़कता आज भी, टेरे भाव महीन
पर संप्रेषण हो गया, 'यू नो.. आई मीन..'

आँखें : उम्मीदें तरल, आँखें : कठिन यथार्थ
आँखें : संबल कृष्ण -सी, आँखें : मन से पार्थ   (स्वरचित)

दोहा छन्द में वैधानिक शुद्धता

दोहा के 13-11 के चरणों की मात्राओं में थोड़ा हेरफेर हो लेकिन पदान्त गुरु+लघु हो तो ऐसे कई छन्द जानकारी में आते हैं, ऐसे छन्दों की सूची बनायी जाय तो रूपमाला, शोभन, सुमित्र, सुगीतिका, शंकर, कामरूप, झूलना, गीता, सरसी, शुद्धगीता आदि के नाम आयेंगे. यानि उद्धृत सभी छन्दों का पदान्त गुरु+लघु से ही होता है.

यही कारण है, कि दोहा छन्द की शुद्धता यानि मात्रिकता और पदों के आंतरिक विन्यास पर हमें सचेत रहने की आवश्यकता है.

मात्रिक-गणना और पदों के विन्यास का सार्थक निर्वहन दोहा छन्द के अनुरूप न हुआ तो उक्त छन्द रचना तुरन्त उपर्युक्त वर्णित किसी अन्य छन्द की परिभाषा को संतुष्ट करने लगेगी, न कि रचना दोहा छन्द रह जायेगी. और जैसा कि कहा गया है, कि इन सभी का पदांत गुरु+लघु से ही होता है. उदाहरण स्वरूप देखना रोचक होगा -

दोहा छन्द – दो पदों, तदनुरूप चार चरणों का ऐसा छन्द, जिसमें 13-11 की यति होती है. प्रथम यानि विषम चरण का अन्त रगण (राजभा या ऽ।ऽ या 212 या गुरु+लघु+गुरु) या नगण (नसल या ।।।। या 111 या लघु+लघु+लघु) से होता है. जबकि दूसरे यानि सम चरण का अन्त, जो कि पदान्त भी होता है, को गुरु+लघु से होना अनिवार्य है. विशद जानकारी दोहा छन्द के पाठ में दी गयी है.

अहीर छन्द – यह छन्द भी दो पदों, तदनरूप, चार चरणों का छन्द है. प्रत्येक चरण 11 मात्राओं का होता है, प्रत्येक चरणान्त जगण (जभान या ।ऽ। या 121 या लघु+गुरु+लघु) से होता है.

तोमर छन्द यह छन्द भी दो पदों, तदनुरूप, चार चरणों का छन्द है.

प्रत्येक चरण 12 मात्राओं का, प्रत्येक चरणांत गुरु+लघु (21 या ऽ।) से अवश्य हो.

यह जानने योग्य है, कि अहीर छन्द (प्रत्येक चरण की 11 मात्राएँ) तथा तोमर छन्द (प्रत्येक चरण की 12 मात्राएँ) और किन विन्दुओं पर भिन्न हैं. उत्तर है, अहीर छन्द का चरणान्त जगण (जभान या।ऽ। या 121 या लघु+गुरु+लघु) से होता है, जबकि तोमर छन्द का चरणान्त गुरु+लघु से होता है.

तात्पर्य यह है कि तोमर के पद का अन्त भी अहीर के पदान्त की तरह जगण (जभान या।ऽ। या 121 या लघु+गुरु+लघु) से हो सकता है. क्योंकि इस व्यवस्था में भी तोमर छन्द का पदान्त गुरु+लघु से होना बना रहता है. इस स्थिति में दोनों छन्दों यानि अहीर छन्द और तोमर छन्द में मुख्य अन्तर मात्र प्रति चरण कुल मात्राओं का रह जाता है, जो क्रमशः 11 तथा 12 होती हैं. यह अवश्य है, कि यह अन्तर बहुत महीन है.

रूपमाला या मदन छन्द – यह चार पदों, तदनुरूप, आठ चरणों का छन्द है, जिसके दो-दो पदों में समान तुकान्तता होती हैं. प्रत्येक पद दो चरणों में विभक्त होता है तथा 14-10 की यति होती है. यानि, प्रथम या विषम चरण 14 मात्राओं का तथा द्वितीय या सम चरण 10 मात्राओं का होता है. इस छन्द में विषम चरणान्त को लेकर कोई विशेष नियम नहीं है, किन्तु दो लघु (द्विकल) या एक गुरु से विषम चरणांत सामान्य माना जाता है. सम चरण का अन्त गुरु+लघु से अवश्य हो.

शोभन या सिंहिका छन्द – यह चार पदों या आठ चरणों का छन्द है, जिसके दो-दो पद तुकान्तता में होते हैं. विषम चरण की कुल मात्राएँ 14 होती है, जबकि सम चरण की कुल मात्राएँ 10 होती है. इसका अर्थ है कि पदों में 14-10 की यति होती है. प्रत्येक पद का अन्त यानि समचरण का अन्त जगण (जभान या।ऽ। या 121 या लघु+गुरु+लघु) से होता है. इस छन्द के विषम चरणांत को लेकर कोई विशेष नियम नहीं है.

यह ध्यान देने योग्य है, कि शोभन छन्द तथा रूपमाला छन्द किस आधार पर भिन्न है. जबकि दोनों छन्दों में 14-10 की यति होती है और कुल

पद चार होते हैं.

उत्तर है, शोभन छन्द का चरणान्त जगण (जभान या।ऽ। या 121 या लघु+गुरु+लघु) से होता है जबकि रूपमाला छन्द का चरणान्त गुरु+लघु से होता है. अर्थात, किसी रूपमाला छन्द का पदान्त जगण (जभान या।ऽ। या 121 या लघु+गुरु+लघु) से हो तो वह शोभन छन्द भी कहा जा सकता है.

सुमित्र छन्द – दो पदों का छन्द जिसके प्रत्येक पद में दो चरण होते हैं. विषम चरण में कुल मात्राएँ 10 होती हैं, जबकि सम चरण की कुल मात्राएँ 14 होती हैं. इस छन्द के प्रत्येक पद का प्रारम्भ एवं अंत जगण (जभान या।ऽ। या 121 या लघु+गुरु+लघु) से होना चाहिये.

ध्यान देने की बात है, कि दोहा के प्रथम या विषम चरण का प्रारम्भ जगण से कत्तई नहीं हो सकता.

सुगीतिका छन्द – यह चार पदों का छन्द है जसके प्रत्येक पद में दो चरण होते हैं. यानि कुल चार पदों में आठ चरण होंगे. इसके दो-दो पद तुकान्तता में होते हैं. विषम चरण कुल मात्राएँ 15 होती हैं, जबकि सम चरण 10 मात्राओं का होता है. विषम चरण का प्रारम्भ लघु वर्ण से होना आवश्यक है. और पदान्त गुरु+लघु से होता है. इस छन्द के विषम चरणान्त के लिए कोई विशेष नियम नहीं है. यानि प्रथम चरण या विषम चरण में लघु और गुरु की व्यवस्था कुछ भी हो सकती है.

शंकर छन्द – यह छन्द भी चार पदों का छन्द है. प्रत्येक पद दो चरणों में विभक्त होता है तथा यति 16-10 की होती है. यानि शंकर छन्द चार पदों, तदनरूप, आठ चरणों का छन्द है, जिसके दो-दो पद तुकान्तता में होते हैं. इस छन्द के विषम चरणांत के लिए लघु+गुरु का कोई विशेष नियम नहीं है.

गीता छन्द – यह छन्द भी चार पदों, तदनुरूप आठ चरणों का छन्द है, जिसके दो-दो पद तुकान्तता में होते हैं. 14-12 की यति होती है. इस छन्द का विषम चरणांत दोहे छन्द के ही अनुसार रगण (राजभा या ऽ।ऽ या 212 या

गुरु+लघु+गुरु) या नगण (नसल या ।।। या 111 या लघु+लघु+लघु) से होता है. तथा, सम चरण का अन्त गुरु+लघु से होना अनिवार्य है.

स्पष्ट है, कि, गीता छन्द मात्र पदों के चरणों की कुल मात्राओं के आधार पर ही दोहा छन्द से भिन्न है. दोहा छन्द में जहाँ दो पद तथा चार चरण होते हैं एवं 13-11 की यति होती है, वहीं गीता छन्द में चार पद तथा आठ चरण होते हैं एवं यति 14-12 की होती है.

सरसी छन्द – यह चार पदों, तदनुरूप, आठ चरणों का छन्द है. और, 16-11 की यति होती है. जिसके दो-दो पदों में तुकान्तता होती है. विषम चरणान्त में लघु और गुरु के लिए कोई विशेष नियम नहीं है.
ज्ञातव्य है, कि होरी, कबीरा (होली के समय गाये जाने वाले देसी गीत) आदि अमूमन इसी छन्द पर आधारित होता है.

शुद्धगीता छन्द – यह छन्द चार पदों, तदनुरूप, आठ चरणों का छन्द है, जिसके दो-दो पद तुकान्तता में होते हैं. चरणों की यति 14-13 की होती है. विषम चरणान्त गुरु या लघु+लघु से होता है.
इस छन्द से सम्बन्धित एक रोचक तथ्य यह है, कि इस छन्द का प्रति पद, वर्णों की आवृति के अनुसार, ऽ।ऽऽ ऽ।ऽऽ ऽ।ऽऽ ऽ।ऽ। या 2122 2122 2122 2121 पर निबद्ध होता है.

इसमें । या 1 लघु मात्रिक अक्षर हैं, जबकि ऽ या 2 गुरु अक्षर या दो लघुओं से बने द्विकल हैं. यानि ऐसे द्विकल, जहाँ दोनों लघुओं पर समान रूप से स्वराघात पड़ता हो. द्विकल और गुरु वर्ण के स्वराघात पर शब्दकल के पाठ में विस्तार से बताया गया है.

स्पष्ट है कि इन सभी छन्दों का दोहा छन्द के विधान से, जहाँ पदान्त का गुरु+लघु से होना अनिवार्य है, बहुत हद तक साम्य है. उपर्युक्त वर्णित सभी छन्दों के पदों का अंत, या, समचरण का अन्त, गुरु+लघु से ही हो रहा है. यही कारण है कि दोहा छन्दों के विन्यास या मात्रा पर आग्रही रहने की आवश्यकता है. मात्रिकता में तनिक हेरफेर हमारे दोहा छन्द को दोहा छन्द ही नहीं रहने देगा.

दोहा छन्द पर काम करने के साथ-साथ, उपर्युक्त वर्णित छन्दों पर भी अभ्यास करना उचित होगा. सभी छन्दों की मात्रिकता तथा उनका आंतरिक विन्यास यथोचित ढंग से दे दिया गया है.

रोला छन्द

रोला छन्द अर्द्धसम मात्रिक छन्द है. रोला छन्द के चार पद होते हैं. प्रत्येक पद दो चरणों में विभक्त होता है. अर्थात कहा जा सकता है कि रोला छन्द में कुल चार पद, तदनुरूप, आठ चरण होते हैं.

इस छन्द के विधान में चरणों की व्यवस्था दोहे के चरण व्यवस्था से ठीक विपरीत होती है. अर्थात, मात्राओं के अनुसार चरणों की कुल मात्रा 11-13 की यति पर निर्धारित होती है. यानि, प्रत्येक पद में यति प्रारम्भ से 11वीं मात्रा के बाद आती है. इसतरह हम पाते हैं कि दोहा का द्वितीय चरण या सम चरण का विन्यास रोला छन्द के प्रथम चरण या विषम चरण का विन्यास बन जाता है. किन्तु, रोला छन्द का सम चरण दोहा के विषम चरण की तरह नहीं होता, तनिक अंतर लिये हुए होता है.

पुराने छन्दविद्वानों के अनुसार रोले के कई और भी प्रारूप हैं. उन सभी प्रारूपों के चरणों की मात्रिकता भी नियत होती है. लेकिन हम यहाँ इस छन्द की मूलभूत और सर्वमान्य अवधारणा को ही प्रमुखता से स्वीकार कर अभ्यासकर्म करेंगे. यहाँ प्रस्तुत नियमों को ही फिलहाल रोला के आधारभूत नियमों की तरह लिया जाय.

रोला छन्द के चरणों के विन्यास के मूलभूत नियम

रोला के विषम चरण का विन्यास दोहा के सम चरण की तरह ही होता है,

1. विषम चरण का पहला शब्द समकल बनाये तो विन्यास होगा – 4+4+3 यानि चौकल+चौकल+त्रिकल.

2. विषम चरण का पहला शब्द त्रिकल या विषमकल हो, तो चरण का विन्यास 3+3+2+3 यानि त्रिकल+त्रिकल+द्विकल+त्रिकल होता है.

3. रोला छन्द के प्रथम चरण का अन्त यानि चरणान्त गुरु+लघु या ऽ। या 21 होता है.

विषम चरण की व्याख्या करते उपर्युक्त नियमों को भलीभाँति समझने

के लिए दो उदाहरण लेते हैं –

क. *नीलाम्बर परिधान* = 11 मात्राएँ **ख.** लोकतंत्र के नाम = 11 मात्राएँ

क. नीलाम्बर परिधान

नीलां = (चौकल या चार मात्रिक शब्द)

बर परि = (द्विकल+द्विकल = चौकल या चार मात्रिक शब्द)

धान = (त्रिकल या तीन मात्रिक शब्द)

इस तरह उपर्युक्त पंक्ति के कलों की शृंखला हुई = चौकल+चौकल+त्रिकल अर्थात, यह पंक्ति नियम-1 को संतुष्ट करती है. तथा, चरणान्त का शब्द धान होने से चरण का अन्त गुरु+लघु से हो रहा है, जोकि नियम-3 को संतुष्ट कर रहा है.

ख. लोकतंत्र के नाम –

लोक = (त्रिकल या तीन मात्रिक शब्द)

तंत्र = (त्रिकल या तीन मात्रिक शब्द)

के = (द्विकल या दो मात्रिक शब्द)

नाम = (त्रिकल या तीन मात्रिक शब्द)

इसतरह उपर्युक्त पंक्ति के कलों की शृंखला हुई – त्रिकल+त्रिकल+द्विकल+त्रिकल अर्थात, यह पंक्ति नियम-2 को संतुष्ट करती है. तथा, चरणान्त का शब्द **नाम** होने से चरण का अन्त गुरु+लघु से हो रहा है, जो नियम-3 को संतुष्ट कर रहा है.

रोला छन्द के सम चरणों के लिए आवश्यक नियम –

4. इस विन्दु के दो उपविन्दु होंगे

क. सम चरण का विन्यास 3+2+4+4 यानि त्रिकल+द्विकल+चौकल+चौकल होता है.

ख. सम चरण का एक अन्य विन्यास 3+2+3+3+2 या

त्रिकल+द्विकल+त्रिकल+त्रिकल+द्विकल होता है.

5. रोला के सम चरण का अंत दो गुरुओं (SS या 22) से या दो लघुओं और एक गुरु (।।S या 112) से या एक गुरु और दो लघुओं (S।। या 211) से या चार लघुओं (।।।।) से होता है.

6. साथ ही, यह भी जानना आवश्यक है कि रोला का सम चरण ऐसे शब्द या शब्द-समूह से प्रारम्भ होता है जिससे प्रारम्भिक त्रिकल का निर्माण संभव हो सके.

अब विन्दु-4 से लेकर विन्दु-6 तक के नियमों को स्पष्ट रूप से समझने के लिए, जोकि सम चरण की व्यख्या कर रहे हैं, हम दो उदाहरण लेते हैं

ग. *हरित पट पर सुन्दर है*   = 13 मात्राएँ

घ. *ढोंग ही बेच रहा जो*   = 13 मात्राएँ

ग. हरित पट पर सुन्दर है –

हरित   = (त्रिकल या तीन मात्रिक शब्द)

पट   = (द्विकल या दो मात्रिक शब्द)

पर सुन् = (द्विकल+द्विकल = चौकल या चार मात्रिक शब्द)

दर है   = (द्विकल+द्विकल = चौकल या चार मात्रिक शब्द)

इस तरह उपर्युक्त पंक्ति के कलों की शृंखला हुई – त्रिकल+द्विकल+चौकल+चौकल यानि यह पंक्ति नियम-4.क को संतुष्ट करती है. इस पंक्ति का अंत 'दर है' से होने के कारण लघु+लघु+गुरु से होना संभव हो रहा है. अर्थात, नियम-5 संतुष्ट हो रहा है. साथ ही, पंक्ति का प्रारम्भ 'हरित' शब्द से हो रहा है, जोकि एक त्रिकल शब्द है. अतः नियम-6 भी संतुष्ट हो रहा है.

घ. ढोंग ही बेच रहा जो –

ढोंग   = (त्रिकल या तीन मात्रिक शब्द)

ही   = (द्विकल या दो मात्रिक शब्द)

बेच   = (त्रिकल या तीन मात्रिक शब्द)

रहा = (त्रिकल या तीन मात्रिक शब्द)

जो = (द्विकल या दो मात्रिक शब्द)

इसतरह उपर्युक्त पंक्ति के कलों की श्रृंखला हुई – त्रिकल+द्विकल+त्रिकल+त्रिकल+द्विकल यानि यह पंक्ति नियम-4.ख को संतुष्ट करती है.

इस पंक्ति का अंत '(र)हा जो' से होने के कारण गुरु+गुरु से होना संभव हो रहा है. अर्थात, नियम-5 संतुष्ट हो रहा है.

साथ ही, पंक्ति का प्रारम्भ 'ढोंग' शब्द से हो रहा है, जोकि एक त्रिकल शब्द है. अतः नियम-6 भी संतुष्ट हो रहा है.

रोला छन्द के अन्य उदाहरण

नीलाम्बर परिधान, हरित पट पर सुन्दर है.
सूर्यचन्द्र युगमुकुट, मेखला रत्नाकर है.
नदियाँ प्रेमप्रवाह, फूल तारामंडल हैं
बंदीजन खगवृन्द, शेषफन सिंहासन है (मैथिली शरण गुप्त)

थे काबिज अंग्रेज, मगर अब आये अपने
लेकिन निकले धूर्त, महज दिखलाते सपने
राजनीति की चाल, चले है कुटिल महा जो
लोकतंत्र के नाम, ढोंग ही बेच रहा जो   (स्वरचित)

कुण्डलिया छन्द

कुण्डलिया एक विशिष्ट छन्द है. यह वस्तुतः दो छन्दों का युग्म रूप है. जिसमें पहला छन्द दोहा, तो दूसरा छन्द रोला होता है. यानि एक दोहा के दो पदों के बाद एक रोला के चार पद आते हैं. इसतरह, कुण्डलिया छः पंक्तियों या पदों का विषम मात्रिक छन्द है.

दोहा और रोला के विशिष्ट नियम साझा हो चुके हैं. अतः कुण्डलिया के संदर्भ में इन्हें जानने केलिए दोहा तथा रोला के पाठों को पुनः देखना होगा. हम इसी पाठ के आगे आवश्यक सभी नियमों को विन्दुवत करेंगे. इन दोनों छन्दों के युग्म प्रारूप को कुण्डलिया छन्द बनने के क्रम में कुछ विशिष्टता अपनानी पड़ती है. अतः कुण्डलिया छन्द से जुड़ी उन विशेष बातों को देखना अभी समीचीन होगा :

1. कुण्डलिया छन्द में दोहे के पहले चरण या विषम चरण के पहले शब्द या पहले शब्दांश या पहले शब्द-समूह में से कोई एक रोले के अंतिम चरण या सम चरण के क्रमशः शब्द या शब्दांश या शब्द-समूह के समान, या कहिये एक ही, होता है.

2. दोहे का दूसरा सम चरण पुनः रोला वाले भाग में पहले विषम चरण की तरह उद्धृत होता है. यानि, दोहा के दूसरे सम चरण की पंक्ति रोला के पहले विषम चरण की पंक्ति एक ही होती है.

3. कुण्डलिया के अन्य नियमों को साधने के अंतर्गत महत्त्वपूर्ण यह है कि दोहा अपने मूल नियमों से सधा होता है तो रोला भी अपने मूल नियमों से बँधा होता है. उपर्युक्त तीनों नियमों को निम्नलिखित तौर पर और अधिक बेहतर ढंग से समझ सकते हैं -

कखगघ XXXX XXX XX, XXXX XXX XXX

XXX XXX XX XXX XX, चछजझ टठडढतथद ⎬— दोहा

चछजझ टठडढतथद , XXX XX XXXX XXXX

XXXX XXXX XXX, XXX XX XX XXXX XXXX

XXXX XXXX XXX, XXX XX XXXX XXXX

XXXX XXXX XXX, XXX XX XXXX कखगघ ⎬— रोला

यहाँ दोहे का 'कखगघ' और रोले का 'कखगघ' समान शब्द या शब्द-समूह या शब्दांश होते हैं. यानि, यदि दोहे के उस शब्द से 'कख' ही स्वीकारा गया है तो रोला का आखिरी शब्द 'कख' हो जायेगा. इतना ही नहीं, दोहा का पहला शब्द-समूह 'कखगघ' लिया गया है, तो रोला का आखिरी शब्द-समूह 'कखगघ' होगा.

चूँकि, इस छन्द में पहले और आखिरी शब्द या शब्द-समूह या शब्दांश एक ही होते हैं. अतः यह प्रक्रम एक शब्दवृत बनाता हुआ प्रतीत होता है. यानि, जिस शब्द से प्रारम्भ, उसी शब्द से अंत!

ऐसी कोई व्यवस्था *'कुण्डली मार कर बैठे साँप'* का आभास देती है. इसी कारण, इस छन्द का नाम *'कुण्डलिया'* पड़ा है. वैसे, कुण्डलिया छन्द के अन्य प्रारूप भी होते हैं, जहाँ रोला वाले भाग में कवियों द्वारा यतिलोप की छूट ली जाती है. मतलब कि रोला वाले भाग में दोनों चरणों के बीच की यति की अनदेखी कर शब्दों का प्रयोग होता है. या, ऐसा भी होता है कि रोला के चरणों के विन्यास में आंतरिक परिवर्तन कर कवियों द्वारा कौतुक उत्पन्न करने की चेष्टा की जाती है. हम ऐसे किसी प्रयास को विद्वद्जनों द्वारा किया गया अपवाद प्रयास मान कर कुण्डलिया के मूलभूत और शाश्वत नियमों का ही अनुपालन करेंगे. ताकि हम कुण्डलिया के शास्त्रीय अथवा सनातनी स्वरूप के अभ्यासी हों.

कुण्डलिया में प्रयुक्त दोहा और रोला के पदों के शब्द-संयोजन के विन्यास को हम पुनः एकत्र कर कुण्डलिया के आलोक में देखते हैं -

4. दोहे का पहला चरण यानि विषम चरण विषम शब्दों से यानि किसी त्रिकल से प्रारम्भ हो तो इस चरण का विन्यास 3+3+2+3+2 यानि त्रिकल+त्रिकल+द्विकल+त्रिकल+द्विकल की तरह होता है. तथा, इस चरण का

अन्त रगण (राजभा या ऽ।ऽ या 212 या गुरु+लघु+गुरु) या नगण (नसल या।।। या 111 या लघु+लघु+लघु) होगा.

5. दोहे का पहला चरण यानि विषम चरण सम शब्द से यानि द्विकल या चौकल से प्रारम्भ हो तो इस चरण का विन्यास 4+4+3+2 यानि चौकल+चौकल+त्रिकल+द्विकल की तरह होता है. तथा, इस चरण का अन्त रगण (राजभा या ऽ।ऽ या 212 या गुरु+लघु+गुरु) या नगण (नसल या।।। या 111 या लघु+लघु+लघु) होगा.

6. दोहे का दूसरा चरण यानि सम चरण सम शब्दों यानि द्विकल या चौकल से प्रारम्भ हो तो इस चरण का विन्यास 4+4+3 यानि चौकल+चौकल+त्रिकल की तरह होता है. तथा, इस चरण का अन्त, जोकि दोहे के पद का भी अन्त होता है, गुरु+लघु से होता है.

7. दोहे का दूसरा चरण यानि सम चरण विषम शब्द से यानि त्रिकल से प्रारम्भ हो तो इस चरण का विन्यास 3+3+2+3 यानि त्रिकल+त्रिकल+द्विकल+त्रिकल की तरह होता है. तथा, इस चरण का अन्त, जोकि दोहे के पद का भी अन्त होता है, गुरु+लघु से होता है.

8. रोला के पहले चरण यानि विषम चरण का विन्यास एवं पूरी अंतरिक व्यवस्था दोहा के सम चरण की तरह ही होती है, यानि विन्यास या तो 4+4+3 यानि चौकल+चौकल+त्रिकल को संतुष्ट करता हुआ होता है, या 3+3+2+3 यानि त्रिकल+त्रिकल+द्विकल+त्रिकल को संतुष्ट करता हुआ होता है. इसका चरणान्त भी गुरु+लघु होता है.

9. इस विन्दु के दो उपविन्दु हो सकते हैं. रोला के दूसरे चरण यानि सम चरण का विन्यास

क. या तो, 3+2+4+4 यानि त्रिकल+द्विकल+चौकल+चौकल होता है.

ख. या फिर, 3+2+3+3+2 यानि त्रिकल+द्विकल+त्रिकल+त्रिकल+ द्विकल होता है.

10. रोला वाले भाग में दूसरे चरण यानि सम चरण का पहला शब्द या शब्द-समूह त्रिकल ही होता है.

कुण्डलिया छन्द के कुछ उदाहरण

क.

हारे मन तो हार है, जीते मन तो जीत

मन ही तो नफरत करे, मन ही करता प्रीत

मन ही करता प्रीत, सभी कुछ मन से होता

मन करता परिहास, अंत में मन ही रोता

कहें 'कपिल' कविराय, गिना करता है तारे

भाषा मन की भिन्न, किसी से कभी न हारे........ (कपिल कुमार)

ख.

बिना विचारे जो करे, सो पाछे पछिताय

काम बिगारे आपनो, जग में होत हँसाय

जग में होत हँसाय, चित्त में चैन न पावै

खान पान, सम्मान, रागरंग मनहिं न भावै

कह गिरधर कविराय, दुःख कछु टरहिं न टारे

खटकत है जिय माहिं, कियो जो बिना विचारे........(गिरधर)

ग.

केवल नदिया ही नहीं, और न जल की धार

गंगा माँ है, देवि है, है जीवन आधार

है जीवन आधार, सभी को सुख से भरती

जो भी आता पास, विविधि विधि मंगल करती

'ठकुरेला' कविराय, तारता है गंगाजल

गंगा अमृत राशि, नहीं यह नदिया केवल...... (त्रिलोक सिंह ठकुरेला)

उपर्युक्त उदाहरणों में से पहले दो छन्दों को हम कुण्डलिया के वर्णित नियमों की कसौटी पर परखते हैं.

उदाहरण

क –

हारे मन तो हार है, जीते मन तो जीत

मन ही तो नफरत करे, मन ही करता प्रीत

मन ही करता प्रीत, सभी कुछ मन से होता

मन करता परिहास, अंत में मन ही रोता

कहें 'कपिल' कविराय, गिना करता है तारे

भाषा मन की भिन्न, किसी से कभी न हारे

उदाहरण का पहला पद *हारे मन तो हार है, जीते मन तो जीत* – इस पद को चरणवत देखते हैं.

कुण्डलिया छन्द का पहला विषम चरण **हारे मन तो हार है**

हारे = चौकल

मन तो = चौकल

हार = त्रिकल

है = द्विकल

इस चरण के कलों की शृंखला बनती है चौकल+चौकल+त्रिकल+द्विकल

इस चरण का अंतिम शब्द-समूह 'हार है' है, जिसका गण रगण (राजभा या ऽ।ऽ या 212 या गुरु+लघु+गुरु) है.

इस तरह यह चरण जोकि विषम चरण है नियम-5 को संतुष्ट करता है.

कुण्डलिया छन्द का पहला सम चरण *जीते मन तो जीत*

जीते = चौकल

मन तो = चौकल

जीत = त्रिकल

इस चरण के कलों की शृंखला बनती है चौकल+चौकल+त्रिकल

इस चरण का अंतिम शब्द-समूह 'जीत' है, जिसका विन्यास गुरु+लघु है.

इस तरह यह चरण जोकि विषम चरण है नियम-6 को संतुष्ट करता है.

उदाहरण का दूसरा पद –

मन ही तो नफरत करे, मन ही करता प्रीत

इस पद में कुण्डलिया छन्द का दूसरा विषम चरण तथा दूसरा सम चरण हैं. इस पद को भी ध्यान से देखें तो यह भी क्रमशः नियम-5 तथा नियम-6 को संतुष्ट कर रहा है.

उदाहरण का दूसरा और तीसरा पद –

मन ही तो नफरत करे, मन ही करता प्रीत

मन ही करता प्रीत, सभी कुछ मन से होता

रेखांकित वाक्यांश क्रमशः दोहे का दूसरा सम चरण तथा रोला का पहला विषम चरण हैं. दोनों वाक्यांश एक ही हैं. यानि इस व्यवस्था से कुण्डलिया छन्द का नियम-2 संतुष्ट हुआ.

पुनः उदाहरण का तीसरा पद –

मन ही करता प्रीत, सभी कुछ मन से होता

इस पद को चरणवत देखते हैं –

कुण्डलिया छन्द का तीसरा विषम चरण - *मन ही करता प्रीत*

तीसरे पद का विषम चरण दोहे के दूसरे सम चरण के अनुसार है, अतः विशेष कहने की आवश्यकता प्रतीत नहीं होती. अर्थात, यहाँ भी नियम-8 संतुष्ट हुआ.

कुण्डलिया छन्द का तीसरा सम चरण - *सभी कुछ मन से होता*

सभी   = त्रिकल

कुछ   = द्विकल

मन से   = चौकल

होता   = चौकल

इस चरण के कलों की शृंखला बनती है – त्रिकल+द्विकल+चौकल+चौकल जोकि नियम-9.क को संतुष्ट करती है.

इस चरण का पहला शब्द या शब्द-समूह सभी है, जो कि त्रिकल है. यह नियम-10 को संतुष्ट कर रहा है.

इस चरण का अंत, जो कि रोले के इस पद का भी अन्त है, 'होता' से हो रहा है,

जिसका विन्यास गुरु+गुरु है. अर्थात, यह पदान्त रोले के नियमों के अनुसार हुआ है.

उदाहरण का चौथा पद – *मन करता परिहास, अंत में मन ही रोता*

इस पद में कुण्डलिया छन्द का चौथा विषम चरण तथा चौथा सम चरण है. चौथे पद के दोनों चरणों का विन्यास पूरी तरह से तीसरे पद के दोनों चरणों की तरह है. अतः नियमान्तर्गत है.

उदाहरण का पाँचवाँ पद – *कहें 'कपिल' कविराय, गिना करता है तारे*

इसपद को भी चरणवत देखें –

कुण्डलिया छन्द का पाँचवाँ विषम चरण - *कहें 'कपिल' कविराय*

कहें   = त्रिकल

कपिल   = त्रिकल

कवि   = द्विकल

राय   = त्रिकल

इस चरण के कलों की श्रृंखला बनती है – त्रिकल+त्रिकल+द्विकल+त्रिकल

इस चरण का अंतिम शब्द-समूह राय है, जिसका विन्यास गुरु+लघु है.

कलों की ऐसी श्रृंखला तथा ऐसा चरणान्त नियम-8 के अनुरूप है.

कुण्डलिया छन्द का पाँचवाँ सम चरण - *गिना करता है तारे*

यह चरण विन्यास के आधार पर इसी छन्द के तीसरे सम चरण के अनुसार है. अतः उसी अनुरूप नियमान्तर्गत है.

उदाहरण का छठा पद *भाषा मन की भिन्न, किसी से कभी न हारे*

इस पद को भी चरणवत देखा जाय.

कुण्डलिया छन्द का छठा विषम चरण - *भाषा मन की भिन्न*

छठे पद का विषम चरण दोहे के दूसरे सम चरण के अनुसार ही है, अर्थात, नियम-8 संतुष्ट हुआ.

कुण्डलिया छन्द का छठा सम चरण - *किसी से कभी न हारे*

किसी   = त्रिकल

से   = द्विकल

कभी = त्रिकल

न हा = त्रिकल

रे = द्विकल

इस चरण के कलों की शृंखला बनती है शृंखला – त्रिकल+द्विकल+ त्रिकल+त्रिकल+द्विकल जोकि नियम-9.ख को संतुष्ट करती है.

इस चरण का पहला शब्द या शब्द-समूह किसी है, जो कि त्रिकल है. यह नियम--10 को संतुष्ट कर रहा है.

इस चरण का अंत, जो कि रोले के इस पद का भी अन्त है, 'हारे' से हो रहा है, जिसका विन्यास गुरु+गुरु है. अर्थात, यह पदान्त रोले के नियमों के अनुसार हुआ है.

इसके साथ ही, जो तथ्य सबसे महत्त्वपूर्ण है, वो ये है, कि कुण्डलिया छन्द का पहला शब्द 'हारे' है, जोकि इस छन्द के दोहा वाले भाग में पहले विषम चरण का पहला शब्द है. और इस छन्द का अंतिम शब्द भी 'हारे' ही है, जोकि रोला वाले भाग में कुण्डलिया छन्द के छठे सम चरण का अन्तिम शब्द है. यही इस छन्द की विशेषता है. यह तथ्य नियम-1 को संतुष्ट कर रहा है.

इस तरह से हम देखते हैं कि उदाहरण-क के रूप में ली गयी कुण्डलिया पूरी तरह से नियमों के अनुसार है.

अब उदाहरण-ख को देखें -

बिना विचारे जो करे सो पाछे पछिताय

काम बिगारे आपनो जग में होत हँसाय

जग में होत हँसाय चित्त में चैन न पावै

खान पान, सम्मान, रागरंग मनहिं न भावै।

कह गिरधर कविराय दुटख कछु टरहिं न टारे

खटकत है जिय माहिं कियो जो बिना विचारे.

इस छन्द के प्रत्येक पद को हम *उदाहरण-क* में उठाये गये कदमों के अनुसार तौल सकते हैं. यह सहज भी है. किन्तु, जो तथ्य सबसे महत्त्वपूर्ण है, वह है, कुण्डलिया छन्द के पहले शब्द या शब्द-समूह (दोहा वाले भाग में) और

इसी छन्द के अंतिम शब्द या शब्द-समूह (रोला वाले भाग में) को नियम-1 के अनुसार एक होने की कसौटी पर तौलना. इसका कारण ये है, कि, कुण्डलिया छन्द के दोहे वाले भाग में पहले विषम चरण का पहला शब्द 'बिना' होना, जोकि त्रिकल है. चूँकि, रोला छन्द का पदान्त या तो गुरु+गुरु या लघु+लघु+गुरु या गुरु+लघु+लघु या लघु+लघु+लघु+लघु से ही हो सकता है. अतः कुण्डलिया छन्द के दोहा वाले भाग के पहले शब्द के त्रिकल हो जाने से कुण्डलिया छन्द के नियम-1 को निभा पाना संभव नहीं दिखता. इस तथ्य को निभाने के लिए छन्दकार ने जो युक्ति अपनायी है, वही इस उदाहरण छन्द की विशेषता बन कर सामने आती है.

इस उदाहरण को सरसरी दृष्टि से देखा जाय तो छन्द का पहला शब्द (जोकि 'बिना' है) और छन्द का अंतिम शब्द (जोकि *विचारे है*) एक नहीं दिखते. अर्थात कुण्डलिया छन्द का सबसे विशिष्ट नियम-1 संतुष्ट नहीं हो रहा है. परन्तु, ध्यान से देखने पर शब्द नहीं शब्द-समूह के एक समान होने की संभावना बनी है. यही छन्दकार की युक्ति है! यह शब्द-समूह है – 'बिना विचारे'

'बिना विचारे' शब्द-समूह से दोहा के विषम चरण को भी साधा गया, जहाँ 'बिना' जैसे त्रिकल के बाद 'विचारे' के 'विचा' के त्रिकल को रख कर त्रिकल के बाद त्रिकल के शब्दकल के नियम को साधा गया है. और, 'विचारे' शब्द के 'चारे' से, जिसका विन्यास गुरु+गुरु है, रोले वाले भाग में पदान्त को साधा गया है.

कुण्डलिया छन्द में दोहे वाले भाग का पहला शब्द या शब्द-समूह ही रोले वाले भाग में अंतिम समचरण का अंतिम शब्द या शब्द-समूह बनता है. इस परिपाटी को निभाते हुए भी, छन्दकारों ने अभिनव प्रयोग करने क्रम में कई रोचक प्रयास किये हैं. इस क्रम में भारतेन्दु हरिश्चन्द्र का निम्नलिखित कुण्डलिया छन्द दृष्टव्य है

सीस मुकुट कटि काछनी, कर मुरली उर माल
एहि बानक मों मन बसौ, सदा बिहारी लाल
सदा बिहारी लाल, बसो बाँके उर मेरे
कानन कुण्डल लटकि निकट अलकावलि घेरे
श्री हरिचन्द त्रिभंग ललित मूरति नटवर-सी
टरौ न उरतै नैकु आज कुंजनि जो दरसी!

उपर्यक्त कुण्डलिया छन्द में पहला शब्द 'सीस' है. तथा इस छन्द का अंतिम शब्द 'दरसी' है. रोचक तथ्य यह है, कि छन्दकार न 'सीस' के 'सी' को लिया तथा अंतिम शब्द 'दरसी' से सी को लिया, जोकि समान शब्दांश हैं. अर्थात, शब्दांश समान हैं न कि दोनों शब्द! इसी कारण कुण्डलिया छन्द का नियम-1 मात्र शब्द या शब्द-समूह को ही एक बराबर या एक समान होने की बात नहीं करता, बल्कि इस क्रम में शब्दांश को भी रखता है.

यों, ऐसे प्रयास छन्दकारों ने प्रयोग के तौर पर या काव्य-कौतुक के तौर पर ही किये हैं.

चौपाई छन्द

यह एक अत्यंत प्रसिद्ध छन्द है. गोस्वामी तुलसीदास के 'रामचरित मानस' का आधार छन्द या उनकी 'हनुमान चालीसा' का आधार छन्द चौपाई ही है. मलिक मोहम्मद जायसी रचित 'पद्मावत' का भी आधार छन्द भी चौपाई ही है. आधार छन्द से आशय यह है कि उक्त काव्यों में अन्य छन्द भी प्रयुक्त हुए हैं, परन्तु, उन काव्यों के कथ्य का बहुत बड़ा भाग चौपाई छन्द में ही वर्णित हुआ है.

चौपाई छन्द सोलह मात्राओं का ऐसा छन्द है, जिसके दो पद, तदनुरूप चार चरण होते हैं. यानि प्रत्येक चरण में सोलह मात्रायें होती हैं.

चौपाई के दो चरणों को अर्द्धाली कहते हैं. इसतरह, दो अद्धालियों का एक पद होता है और दो पदों का एक छन्द होता है.

यह एक बहुत ही लोकप्रिय छन्द है, जोकि अत्यंत सरस और गेय होता है. इसकारण इस छन्द में शब्दकलों पर विशेष ध्यान रखने की आवश्यकता होती है.

चौपाई के आधारभूत नियमों को विन्दुवत किया जाय तो निम्नलिखित तथ्य प्राप्त होते हैं –

1. छन्द का चरणान्त जगण (जभान या ।ऽ। या 121 या लघु+गुरु+लघु) या तगण (ताराज या ऽऽ। या 221 या गुरु+गुरु+लघु) से नहीं हो सकता. तात्पर्य है, कि, चरणों का अन्त किसी तरह गुरु+लघु से नहीं हो सकता.

2. चौपाई छन्द का चरणान्त सदैव गुरु+गुरु (ऽऽ या 22) या लघु+लघु+गुरु (।।ऽ या 112) या गुरु+लघु+लघु (ऽ।। या 211) या लघु+लघु+लघु+लघु (।।।। या 1111) से ही होता है.

3. पदों में द्विकल या चौकल के बाद कोई सममात्रिक कल अर्थात द्विकल या चौकल ही रखते हैं.

4. विषममात्रिक कल होने पर तुरत एक और विषममात्रिक कल रख कर पूरे शब्द-समूह को सममात्रिक कर लेते हैं. ऐसा करने से दोनों त्रिकलों का

युग्म (जोड़ा) एक षटकल बनाता है, जोकि सममात्रिक कल ही है.

5. किसी त्रिकल के बाद कोई सममात्रिक कल यानि द्विकल या चौकल किसी सूरत में न रखा जाय.

6. अलबत्ता, किसी त्रिकल के बाद का चौकल यदि जगण (जभान या ।ऽ। या 121 या लघु+गुरु+लघु) के रूप में आ रहा हो, तो क्षम्य भी हो सकता है. क्यों कि जगण की पहले दो वर्ण उच्चारण के अनुसार त्रिकल का ही निर्माण करते हैं.

नियम-6 को निम्नलिखित चरण से परखा जाय –

उदाहरण स्वरूप एक चरण लिया गया *राम महान कहें सब कोई...*

यहाँ, ‘राम’ (ऽ। या 21) यानि त्रिकल के बाद ‘महान’ (।ऽ। या 121) का चौकल आता है. लेकिन इसके जगण होने के कारण ‘महान’ के ‘महा’ से ‘राम’ का योग षटकल का आभास देता है. तथा, ‘महान’ शब्द के ‘महा’ के बाद बचा हुआ ‘न’ (। या 1) अगले शब्द ‘कहें’ (।ऽ या 12) के त्रिकल के साथ चौकल (न कहें) बनाता हुआ, इस चरण के आने वालों शब्दों सब (द्विकल) और कोई (चौकल) के साथ प्रवाह में आ जाता है.

ऐसी व्यवस्था के कारण यह पद यों सप्रवाह पढ़ा जा पाता है
राम महा न कहें सब कोई.. अर्थात, षटकल+चौकल+द्विकल+चौकल

दखिये, यह चरण इस तरह संयत हो कर सममात्रिक शब्दों का सुगढ़ समूह हो गया है.

ऐसी व्यवस्थाओं के कारण चरणों या कुल मिला कर पदों में प्रयुक्त शब्दों का समवेत उच्चारण सरस ही नहीं होता, बल्कि उनका विन्यास भी व्यवस्थित हो कर नियमों की कसौटियो पर सुगढ़ दिखता है.

कलों के विन्यास के अनुसार निम्नलिखित तीन व्यवहार याद रखने आवश्यक हैं. (ध्यान देने योग्य है कि प्रत्येक विन्दुवत पंक्ति चौपाई छन्द के ही एक चरण के विभिन्न विन्यास में निबद्ध है) -

क. **ससम समसम सम रखते हैं..** कुल 16 मात्राएँ

इस चरण में सभी शब्दकल सममात्रिक हैं. शब्दकलों का हेतु भी यही हुआ करता है कि किसी चरण के सभी शब्द समुच्चय में सममात्रिक की तरह व्यवहृत हों.

ख. विषमविषम पर सम रखते हैं......कुल 16 मात्राएँ

विषम शब्द यानि त्रिकल के बाद विषम शब्द त्रिकल आने से षटकल का अभास होता है. फिर द्विकल या चौकल की आवृतियाँ चरण को सममात्रिक शब्दों का समूह बना देती हैं. और सरस गेयता संभव हो पाती है.

ग. विषमविषम पर विषम रखे हैं........ कुल 16 मात्राएँ

विन्दु-ग की स्थिति तनिक क्लिष्ट है. यहाँ विषम शब्दों के दो समूह हैं – क. 'विषमविषम', तथा ख. 'विषम रखें'. इन दोनों विषम जोड़े को संतुलित करता है, उनके बीच का द्विकल पर.

तो, उपर्युक्त तीन स्थितियों के आधार पर चौपाई छन्द के चरण साधे जा सकते हैं. एक बात विशेष रूप से जानने की है. चौपाई छन्द के समकक्ष ही पादाकुलक छन्द हुआ करता है, जिसके प्रत्येक चरण में चार चौकल समूह बनते हैं. चरणों में सममात्रिक शब्दों की आवृति पादाकुलक छन्द के लिए अनिवार्य शर्त है. पादाकुलक के पदों में एक भी विषममात्रिक शब्द नहीं हो सकता है.

इसतरह, हम कह सकते हैं कि, **हर पादकुलक छन्द चौपाई छन्द होता है, परन्तु, हर चौपाई छन्द पादाकुलक छन्द नहीं हो सकता.**

उदाहरणार्थ कुछ चौपाइयाँ

क.

छाता छाता कैसा छाता । बादल जैसा काला छाता ।।

आरे बादल काले बादल । गर्मी दूर भगा रे बादल ।।   (अज्ञात)

ख.

जय हनुमान ज्ञान गुण सागर । जय कपीश तिहुँ लोक उजागर ।।

राम दूत अतुलित बल धामा । अंजनि पुत्र पवन सुत नामा ।। (तुलसी)

ग.

दैहिक दैविक भौतिक तापा । राम राज नहिं काहुँहि व्यापा ।।

सब नर करहिं परस्पर प्रीती । रहहिं स्वधर्म निरत स्रुति नीती ।। (तुलसी)

घ.

बरनौं माँग सीस उपराहीं। सेंदुर अबहिं चढा जहि नाहीं ।।

बिनु सेंदुर अस जानहु दीआ। उजियर पंथ रैनि महँ कीआ ।।

(मलिक मोहम्मद जायसी)

उपर्युक्त उदाहरणों में से कुछ को चौपाइयों को नियमों की कसौटियों पर कसा जाये.

उदाहरण -

छाता छाता कैसा छाता। बादल जैसा काला छाता ।।

आरे बादल काले बादल। गर्मी दूर भगा रे बादल ।।

पहला पद –

छाता छाता कैसा छाता। बादल जैसा काला छाता ।।

।(–––चरण––––)। (–––––चरण–––––)।

।(––––––––पद या अर्द्धाली–––––––––)।

पहले पद का पहला चरण –

छाता (चौकल) छाता (चौकल) कैसा (चौकल) छाता (चौकल)

इस चरण के सभी शब्द सममात्रिक हैं।

पहले पद का दूसरा चरण –

बादल (चौकल) जैसा (चौकल) काला (चौकल) छाता (चौकल)

इस चरण के भी सभी शब्द सममात्रिक हैं.

उपर्युक्त पद के दोनों चरणों को देखने के बाद यह प्रश्न उठता है, कि क्या यह संभव है कि प्रस्तुत छन्द पादाकुलक छन्द प्रमाणित हो? इसके लिए अगले पद को भी देखना आवश्यक होगा. क्योंकि चौपाई और पादाकुलक छन्द दोनों ही दो पदों के छन्द हैं.

दूसरा पद –

आरे बादल काले बादल। गर्मी दूर भगा रे बादल ।।

दूसरे पद का पहल चरण –

आरे (चौकल) बादल (चौकल) काले (चौकल) बादल (चौकल)

इस चरण के भी सभी शब्द सममात्रिक शब्द हैं.

दूसरे पद का दूसरा चरण –

गर्मी (चौकल) दूर (त्रिकल) भगा (त्रिकल) रे बा (चौकल) दल (द्विकल)

इस चरण में 'दूर' तथा 'भगा' दो विषम शब्द प्रयुक्त हुए हैं. अर्थात, दूर (त्रिकल) के बाद भगा (त्रिकल) रख कर षटकल का सममात्रिक शब्द बना लिया गया है. तथा, गेयता साध ली गयी है.

इस प्रकार, इस चरण (दूसरे पद के दूसरे चरण) के ही आधार पर यह प्रमाणित हो पाता है कि उदाहरण स्वरूप लिया गया यह छन्द पादाकुलक छन्द न हो कर चौपाई छन्द ही है. क्योंकि चरणों में सभी शब्द समकल नहीं हैं, जो कि पादाकुलक छन्द की अनिवार्य शर्त है. बल्कि चरण में त्रिकल यानि विषमकल भी हैं. अतः यह छन्द चौपाई है.

इसी ढंग से उदाहरण में ली गयी अन्य चौपाइयों को भी परखा जा सकता है.

सार छन्द

सार छन्द एक अत्यंत सरल, गीतात्मक एवं लोकप्रिय अर्द्ध सममात्रिक छन्द है.सार छन्द दो पदों, तदनुरूप चार चरणों का छन्द होता है. इसके प्रत्येक पद के प्रथम या विषम चरण की कुल मात्रा 16 तथा दूसरे या सम चरण की कुल मात्रा 12 होती है. अर्थात, पदों में यति 16-12 पर होती है.

पदों के दोनों चरणान्त गुरु+गुरु (SS या 22) या गुरु+लघु+लघु (S।। या 211) या लघु+लघु+गुरु (।।S या 112) या लघु+लघु+लघु+लघु (।।।। या 1111) से होते हैं. किन्तु गेयता के हिसाब से गुरु+गुरु से हुआ चरणान्त अत्युत्तम माना जाता है. लेकिन ऐसी कोई अनिवार्यता नहीं हुआ करती. अलबत्ता यह अवश्य है, कि पदों के किसी चरणान्त में तगण (तारज या SS। या 221 या गुरु+गुरु+लघु), रगण (राजभा या S।S या 212 या गुरु+लघु+गुरु), जगण (जभान या।S। या 121 या लघु+गुरु+लघु) का निर्माण न हो. उपर्युक्त तथ्यों को विन्दुवत रखा जाय तो निम्नलिखित ज्ञातव्य प्राप्त होते हैं –

1. सार छन्द दो पदों का होता है, जिसके चार चरण बनते हैं.

2. विषम चरण की कुल मात्रा 16 तथा सम चरण की कुल मात्रा 12 होती है.

3. दोनों चरणान्त गुरु+गुरु या गुरु+लघु+लघु या लघु+लघु+गुरु या लघु+लघु+लघु+लघु से होते हैं

4. कोई चरणान्त तगण (ताराज या SS। या 221 या गुरु+गुरु+लघु), रगण (राजभा या S।S या 212 या गुरु+लघु+गुरु) एवं जगण (जभान या।S। या 121 या लघुगुरु+लघु) से नहीं हो सकता.

सार छन्द के पदों का उदाहरण –

कोयल दीदी! कोयल दीदी! मन बसंत बौराया।

सुरभित अलसित मधुमय मौसम, रसिक हृदय को भाया।।

कोयल दीदी! कोयल दीदी! वन बंसत ले आयी।

कूकू उसकी प्यारी बोली, हर जनमन को भायी।। (विंध्येश्वरी प्रसाद त्रिपाठी ‘विनय’)

उपर्युक्त उदाहरण के प्रत्येक पद और उसके चरणों को देख कर नियमों को संतुष्ट हुआ पाया जा सकता है.

पहले पद का विषम चरण *कोयल दीदी! कोयल दीदी!*

चार चौकलों से बना यह चरण शुद्ध रूप से सममात्रिक है और कुल 16 मात्राओं का है.

पहले पद का सम चरण — *मन बसंत बौराया*

'मन' द्विकल शब्द है. किन्तु, 'बसंत' चौकल होने के बावजूद जगण (जभान या।ऽ। या 121 या लघुगुरुलघु) शब्द है. अतः इसके ठीक बाद के शब्द 'बौराया' से 'बौ' ले कर 'बसं त+बौ' की व्यवस्था बनाते हैं. यानि, त्रिकल (बसं) के बाद एक और त्रिकल (त बौ) रख कर सममात्रिकता का निर्वहन कर लेते हैं. आगे, 'बौराया' शब्द का 'राया' चरणान्त (पदान्त भी) को नियमतः गुरु+गुरु की स्थिति देता है.

दूसरे पद का विषम चरण — *सुरभित अलसित मधुमय मौसम*

चार चौकलों से बना यह चरण शुद्ध रूप से सममात्रिक है.

दूसरे पद का सम चरण *रसिक हृदय को भाया*

'रसिक' (त्रिकल) के ठीक बाद 'हृदय' (त्रिकल) जैसे शब्द का आना सममात्रिकता का सहज ही निर्वहन करता है. को 'भाया' सममात्रिक कल होने के साथ-साथ चरणान्त (पदान्त भी) को आवश्यक गुरु+गुरु की भी स्थिति देता है.

इस तरह, उपर्युक्त छन्द के दोनों पद सार छन्द में सुगढ़ ढंग से निबद्ध हैं. इसी ढंग से हम सार छन्द की किसी रचना को परख सकते हैं.

छन्न पकैया

सार छन्द का एक और प्रारूप है, जो लोक-समाज में कभी अत्यंत लोकप्रिय हुआ करता था. किन्तु अन्य कई लोकप्रिय छन्दों की तरह रचनाकर्म और लोक-व्यवहार का हिस्सा न बना रह सका. सार छन्द के इस प्रारूप को 'छन्न पकैया' के नाम से जानते हैं. सार छन्द की विशेषता यह होती है कि इसके प्रथम चरण में 'छन्नपकैया छन्नपकैया' की टेक होती है. छन्द के अन्य चरणों में इस छन्द के सारे नियम पूर्ववत निभाये जाते हैं.

छन्न पकैया छन्न पकैया की टेक छन्द की कहन के प्रति श्रोता-पाठक का ध्यान आकर्षित करती हुई एक वातावरण का निर्माण करती है. छन्द के चरण हल्के-हल्के में, या कहिये, बात की बात में, कई बार बड़ी गहरी बातें और विषय साझा करने का कारण बन जाते हैं.

यह कहना अप्रासंगिक नहीं होगा कि इस पुरानी शैली को पुनः लोक-व्यवहार में प्रचलित करने का श्रेय पटियाला के श्री योगराज प्रभाकर को है, जिन्होंने सार छन्द के इस लुप्तप्राय प्रारूप को ई-पत्रिका ओपनबुक्सऑनलाइन डॉट कॉम के माध्यम से सफलतापूर्वक प्रतिस्थापित किया है.

छन्न पकैया के कुछ उदाहरण –

छन्न पकैया छन्न पकैया, बजे ऐश का बाजा,
भूखी मरती जाये परजा, मौज उडाये राजा।

छन्न पकैया छन्न पकैया, हर जुबान ये बातें
मस्ती-मस्ती दिन हैं सारे, नशा-नशा हैं रातें।

छन्न पकैया छन्न पकैया, डर के पतझड़ भागे
सारी धरती ही मुझको तो, दुल्हन जैसी लागे।

छन्न पकैया छन्न पकैया, बात बनी है तगड़ी
अमलतास बूढे के सर पर, पीली-पीली पगड़ी। (योगराज प्रभाकर)

कामरूप छन्द

कामरूप छन्द चार पदों का अर्द्धसममात्रिक छन्द है, जिसके प्रत्येक पद में कुल 26 मात्राएँ होती हैं. प्रत्येक पद तीन चरणों में विभक्त होता है. प्रथम चरण की मात्रा 9, दूसरे चरण की मात्रा 7, तथा अंतिम यानि तीसरे पद की कुल मात्रा 10 होती है.

यदि पहले और दूसरे चरण में अंतर्तुकान्तता बनती हो, यानि पहले तथा दूसरे चरण में भी तुकान्तता बने तो ऐसी कोई छन्दरचना सुनने में अत्यंत कणप्रिय लगती है. परन्तु, ऐसा कोई प्रयास केवल काव्य-कौतुक को साधने के तौर पर किया जाता है, न कि ऐसी कोई नियमगत अनिवार्यता होती है. छन्द के चार पदों में दो-दो पदों की तुकान्तता बनती है. कामरूप छन्द को वैताल छन्द के नाम से भी जाना जाता है.

उपर्युक्त सभी नियमों को यदि बिन्दुवत किया जाय, तो नियमों की सूची कुछ यों बनेगी

1. चार पदों के इस छन्द में दो-दो पदों की तुकान्तता बनती है.

2. पदों की यति 9-7-10 पर होती है.

3. पदान्त या तीसरे या आखिरी चरण का अंत गुरु+लघु (ऽ। या 2 1) से होता है.

4. पदों के चरणों के आंतरिक विन्यास के अनुसार तीन उपबिन्दु हैं

क. पहले चरण का प्रारम्भ गुरु या लघु+लघु से हो.

ख. दूसरे चरण का प्रारम्भ गुरु+लघु (द्विकल) से हो. यानि, दूसरे चरण का पहला शब्द या शब्द-समूह या शब्दांश ऐसा त्रिकल बनावे जिसका पहला भाग अवश्य द्विकल हो. जैसे कि, शब्द 'धार' है. इस शब्द का विन्यास गुरु+लघु या ऽ। या 2 1 होता है.

ग. तीसरे चरण का पहला शब्द या शब्द समूह या शब्दांश भी त्रिकल ही बनाए, लेकिन इस त्रिकल को लेकर कोई मात्रिक विधान नहीं है. अर्थात, तीसरे चरण का प्रारम्भिक शब्द 'धार' (गुरु+लघु या ऽ। या 2 1) या 'धरा'

(लघु+गुरु या ।ऽ या 12) हो सकते है.

ध्यातव्य : उपर्युक्त बिन्दुओं विशेषकर चौथे बिन्दु को यदि सूत्रवत किया जाये, तो कामरूप छन्द का विन्यास निम्नलिखित प्रारूप में होगा –

22122 – 2122 – 2122 - 21

या, गुरु+गुरु+लघु+गुरु+गुरु – गुरु+लघु+गुरु+गुरु – गुरु+लघु+गुरु+गुरु गुरु+लघु

अर्थात,

छन्द के पहले चरण का सूत्र – गुरु+गुरु+लघु+गुरु+गुरु या 22122

छन्द के दूसरे चरण का सूत्र – गुरु+लघु+गुरु+गुरु या 2122

छन्द के तीसरे चरण का सूत्र – गुरु+लघु+गुरु+गुरु गुरु+लघु या 2122 21

(तीसरा चरण लघु+गुरु+गुरुगुरु गुरु+लघु या 12 22 21 की तरह भी मान्य है)

उपर्युक्त सूत्र में 2 द्विकल को निरुपित करता है, जबकि 1 लघु वर्ण को निरुपित करता है.

कामरूप छन्द का एक उदाहरण

मांगें युवतियाँ, ठोंक छतियाँ, न्याय दे सरकार.

जो पुरुष कामी, नारि गामी, बदचलन बदकार,

ये लाज लूटे, भाग फूटे, देव इसको मार.

फाँसी चढ़ा दो, सर उड़ा दो, हो तभी प्रतिकार.. (आलोक सीतापुरी)

उदाहरण स्वरूप लिये गये इस छन्द को नियमों के सापेक्ष रखा जाये –

पहला पद -

मांगें युवतियाँ, ठोंक छतियाँ, न्याय दे सरकार.

।(–चरण–)। (––चरण–)। (––चरण––)।

।(––––––––––पद––––––––––)।

पहले पद का पहला चरण – *मांगें युवतियाँ*

मांगे   = गुरु+गुरु या ऽऽ या 22

यु   = लघु या। या 1

वतियाँ = गुरु+गुरु या ऽऽ या 22

अतएव, पहले पद के पहले चरण की कल सम्बन्धी आवृति हुई – 22 1 22

पहले पद का दूसरा चरण – *ठोंक छतियाँ*

ठोंक = गुरुलघु या ऽ। या 2 1

छतियाँ = गुरु+गुरु या ऽऽ या 22

अतएव, पहले पद के दूसरे चरण की कल सम्बन्धी आवृति हुई – 2 1 22

पहले पद का तीसरे चरण - *न्याय दे सरकार*

न्याय = गुरु+लघु या ऽ। या 2 1

दे सर = गुरु+गुरु या ऽऽ या 22

कार = गुरु+लघु या ऽ। या 2 1

अतएव, पहले पद के तीसरे चरण की कल सम्बन्धी आवृति हुई – 21 22 21

इसतरह, पहले पद के तीनों चरणों की समवेत आवृति हुई – 22122 – 2122 – 2122 21

इसके साथ ही, यह भी देखने में आ रहा है, कि पद के पहले तथा दूसरे चरण में यथा-सम्भव तुकान्तता भी निभायी गयी है. पद का अन्त गुरु+लघु से हुआ है. इसतरह, यह पद कामरूप छन्द से सम्बन्धित सभी नियमों को संतुष्ट करता है.

इसी क्रम में, उदाहरण स्वरूप लिये गये छन्द के बचे तीनों पदों, तदनुरूप, नौ चरणों को नियमों और सूत्र की कसौटी पर कसा जाना चाहिये –

जो पुरुष कामी, नारि गामी, बदचलन बदकार,

ये लाज लूटे, भाग फूटे, देव इसको मार.

फाँसी चढ़ा दो, सर उड़ा दो, हो तभी प्रतिकार

परीक्षण का परिणाम यह है कि, पहले पद की तरह उपर्युक्त तीनों पद भी कामरूप छन्द के नियमों एवं सूत्र की कसौटी पर क्रमशः खरे उतरते हैं.

रूपमाला छन्द

       इस छन्द के विधान की चर्चा दोहा छन्द में वैधानिक शुद्धता के पाठ में हो चुकी है. चूँकि, हिन्दी के आधुनिक ढंग में ऐसा छन्द प्रासंगिक है, अतः इसके विधान पर पुनः चर्चा आवश्यक है.

       रूपमाला अर्द्धसम मात्रिक छन्द है. इस छन्द में चार पद होते हैं तथा दो-दो पदों की तुकान्तता होती है.

       प्रत्येक पद में दो चरण होते हैं तथा यति 14-12 पर होती है. पदान्त गुरु+लघु अर्थात ऽ। या 21 से होता है.

उपर्युक्त तथ्य को सूत्रवत लिखा जाय

2122 / 2122 / 2122 / 21

ला ल ला ला / ला ल ला ला / ला ल ला ला / ला ल

       कहना न होगा, कि उपर्युक्त सूत्र में अंतिम 'ला ल' गुरु+लघु का संकेत है. इसके अलावा 'ला' समभार वाले दो लघु या एक शुद्ध गुरु यानि द्विकल का परिचायक है.

रूपमाला छन्द में निबद्ध रचनाएँ

धड़कनें मदहोश पागल, नयन छलके प्यार

बोल कुछ बोलें नहीं लब, मौन सब व्यवहार

शान्ति, चिरस्थायित्व खुशियाँ, प्रीत के उपहार

झूमता जब प्रेम अँगना, बह चले रसधार (डॉ0 प्राची सिंह)

गर बचाना चाहते हम आज यह संसार

है जरूरी पेड़ पौधों, से करें सब प्यार

पेड़ ही तो हैं बनाते, मेघमय आकाश

पेड़ वर्षा ला बुझाते, इस धरा की प्यास (संजय मिश्र 'हबीब')

ध्यातव्य - इस छन्द का अन्य नाम मदन छन्द भी है.

चौपई छन्द

चौपई छन्द का नाम सुन कर हमें इसी नाम से मिलते-जुलते तथा दो पाठों पूर्व उल्लिखित अत्यंत प्रसिद्ध सममात्रिक छन्द, चौपाई छन्द, से धोखा नहीं खाना चाहिये. चौपई दो पदों, तदनुरूप, चार चरणों का सममात्रिक छन्द है.

जहाँ चौपाई छन्द 16 मात्राओं के चरणों का छन्द होता है, वहीं चौपई छन्द 15 मात्राओं के चरणों का छन्द है. अर्थात, चौपाई छन्द के चरणान्त से एक लघु निकाल दिया जाय, तो उक्त चरण की कुल मात्रा 15 रह जाती है. यही कुछ चौपई छन्द के एक चरण होने का कारण हो जाता है. अर्थात, चौपई छन्द का चरणांत गुरु+लघु होता है. यही इसकी मूल पहचान है.

इस छन्द का अन्य नाम जयकरी या जयकारी छन्द भी है. चौपई छन्द की दो स्थितियाँ बनती हैं. दोनों स्थितियों का विन्यास निम्नवत है

क. तीन चौकल+गुरु+लघु

ख. दो त्रिकल+एक द्विकल+एक चौकल+गुरु+लघु

छन्दमर्मज्ञ नारायण दास चौपई छन्द की परिभाषा को चौपई छन्द में ही यों निर्धारित करते हैं

चौपाई में एक घटाय। अंत पौन चौपई कहाय ।।

।(————चरण——)। (———चरण——————)।

।(————————————पद————————————)।

उपर्युक्त पद के सभी शब्दों का विन्यास किया जाय तो दोनों चरणों में अलग अलग 'समकलों' की तथा चरणांत के गुरु+लघु की स्थिति स्पष्ट हो जायेगी.

चौपा (चौकल)+ई में (चौकल)+एक घ (चौकल)+टाय (गुरु+लघु) = 15 मात्राएँ

अंत पौन चौ (अठकल)+पई क (चौकल)+हाय (गुरु+लघु) = 15 मात्राएँ

छन्दमर्मज्ञ जगन्नाथ प्रसाद 'भानुकवि' चौपई छन्द को कुछ यों परिभाषित करते हैं

तिथि कल पौन चौपई माहिं। अंत गुरु लघु जहाँ सुहाहिं ।।

यहै कहत सब वेद पुरान। शरणागत वत्सल भगवान ।।

चौपई छन्द के उदाहरण

पड़ी अचानक नदी अपार। घोड़ा कैसे उतरे पार ।

राणा ने सोचा इस पार। तबतक चेतक था उसपार।।(श्याम नारायण पाण्डेय)

चौपई छन्द के सम्बन्ध में यह भी सर्वमान्य है कि यह छन्द बाल-साहित्य के लिए उपयोगी है. क्योंकि इसकी गेयता अत्यंत सधी होती है.

हाथी जी की लम्बी नाक। सिंहराज की बैठी धाक ।।

भालू ने पिटवाया ढाक। ताक धिनाधिन धिनधिन ताक ।।

बन्दर खाता काला जाम। खड़ा लगता कच्चा आम ।।

लिये सुमिरनी आठो जाम। तोता जपता सीता राम ।।(नारायण दास)

उल्लाला छन्द

हम दोहा के नियमों को अच्छी तरह से देख समझ चुके हैं जोकि अर्द्धसम मात्रिक छन्द है. इसके विषम चरण में 13 मात्राएँ होती हैं जबकि इसके सम चरण की कुल मात्रा 11 होती है.

दोहा के विषम चरण पर ध्यान रखें. जिसके कुल शब्दों की मात्रा 13 होती है. दोहा के विषम चरण को यदि दो पदों के हिसाब से चार बार लिखा जाय, यानि दो पदों में चार चरण हों और सभी तेरह मात्रिक हों, तो ऐसी स्थिति उल्लाला छन्द का कारण बनती है. परन्तु, पद्य साहित्य में उल्लाला छन्द के दो प्रकार प्रचलित हैं.

क. जिसके चारों चरण सममात्रिक होते हैं. यानि उनके प्रति चरण दोहा छन्द के पहले चरण के विन्यास की तरह 13 मात्राएँ होती हैं.

ख. जिसके प्रत्येक पद की यति 15-13 पर होती है. यानि ऐसा छन्द अर्द्धसम मात्रिक छन्द होता है. इस तरह के उल्लाला छन्द में तुकान्तता दूसरे चरण या सम चरणों के अनुसार बनती है.

हम अपने अभ्यास के क्रम में पहले प्रकार पर ही ध्यान केन्द्रित करेंगे. क्यों कि दूसरे प्रकार में विषम चरण के प्रारम्भ में एक गुरु या दो लघु का शब्द जोड़ दिया जाता है ताकि विषम चरण पन्द्रह मात्राओं का हो जाय. बाकी सारा विधान तेरह मात्रिक वाले छन्द की तरह ही होता है.

अब पहले या मुख्य प्रकार के छन्द के मुख्य विन्दु निम्नांकित हैं –

1. दोहा छन्द के विषम चरण के अनुरूप उल्लाला के चारों चरणों का विन्यास होता है. यानि, सभी चरणों में 4+4+3+2 या 3+3+2+3+2 का शब्दकल मान्य है.

2. चरणान्त रगण (ऽभान या ऽ।ऽ या 212 या गुरु+लघु+गुरु) या नगण (नसल या।।। या 111 या लघु+लघु+लघु) से होना अति शुद्ध है.

3. तुकान्तता विषम-सम चरणों में मान्य है तो सम-सम चरणों की तुकान्तता भी मान्य है.

<h2 align="center">उल्लाला छन्द का एक उदाहरण</h2>

सम चरण तुकान्तता –

प्रेम नेम हित चतुरई, जे न बिचारत नेकु मन

सपनेहुँ न विलम्बियै, छिन तिग हिग आनन्द घन (घनान्द)

विषमसम चरण तुकान्तता –

उर्ध्व ब्रह्म के गर्भ में, संभव के संदर्भ में

वृत्ति चराचर व्यापती, कालक्षितिज तक मापती ('इकड़ियाँ जेबी से' से)

उल्लाला के एक और प्रकार के अनुसार पदों में यति 15-13 पर होती है. यानि विषम चरण में 15 मात्राएँ तथा सम चरण में 13 मात्राएँ होती हैं. इस प्रकार के उल्लाला में तुकान्तता सम चरणों में ही स्वीकार्य है

कै शोणित कलित कपाल यह, किल कपालिका काल को

यह ललित लाल केधौं लसत, दिग्भामिनि के भाल को

अति अमल ज्योति नारायणी, कहि केशव बुड़ि जाहि बरु

भृगुनन्द सँभारु कुठार मैं, कियौ सराअन युक्त शरु (केशवदास)

उपरोक्त पदों को ध्यान से देखा जाय तो प्रत्येक विषम चरण के प्रारम्भ में एक गुरु या दो लघु हैं, यानि एक द्विकल है. जिसके बाद का शाब्दिक विन्यास तेरह मात्राओं के चरण की तरह ही है. उसी अनुरूप पाठ का प्रवाह भी बनता है. इस कारण, विषम चरण में पहले दो मात्राओं के बाद स्वयं एक यति बन जाती है और आगे का वाचन दोहा के विषम चरण के वाचन की तरह ही होता चला जाता है.

उल्लाला छन्द का एक और नाम चंद्रमणि भी है.

श्लोक (अनुष्टुप छन्द)

वैदिक साहित्य का यह अत्यंत ही प्रसिद्ध वार्णिक छन्द है. श्रीमद्भगवद्गीता, श्रीसुक्तम, गायत्री कवचम्, विष्णु सहस्त्रनाम आदि-आदि की रचना इसी छन्द में हुई है. इसी छन्द में क्रौञ्चवध के पश्चात महर्षि वाल्मिकी के मुँह से आर्तनाद करती काव्य द्विपदी फूट पड़ी थी, जिसकी चर्चा छन्द के पाठ में की गयी है.

श्लोक के चार चरण होते हैं, प्रत्येक चरण में आठ-आठ वर्ण होते हैं. किन्तु इनका एक विशेष विन्यास होता है -

छन्द के विषम चरण में पाँचवाँ, छठा और सातवाँ वर्ण क्रमशः लघु, गुरू, गुरू होता है, जबकि सम का पाँचवाँ, छठा और सातवाँ वर्ण क्रमशः लघु, गुरू, लघु होता है.

एक बात और, वैसे तो दोनों चरणों के आठवें वर्ण को लेकर कोई विशेष संकेत नहीं किया गया है. किन्तु इस छन्द में निबद्ध वैदिक रचनाओं, जिनकी भाषा संस्कृत है, के पाठ के समय दोनों चरणों के आठवें वर्ण पर विशेष स्वरबल दिया जाता है. यह उस वर्ण के गुरू होने का आभास देता है, भले ही आठवाँ वर्ण किसी दीर्घ स्वर से संयुक्त न भी हो. या, उक्त वर्ण एक मात्रिक ही क्यों न हो.

चूँकि, हिन्दी में ह्स्व स्वर युक्त अक्षर को लघु गिना जाता है, अतः लगने वाले स्वराघात के आधार पर आठवें वर्ण को हिन्दी-भाषी छन्दरचनाओं में गुरू माना जाय तो अन्यथा न होगा. इस लिहाज से हिन्दी पद्य में अनुष्टुप छन्द के चरण निम्न विस्तार में होंगे –

विषम चरण वर्ण क्रमांक पाँचवाँ, छठा, सातवाँ, आठवाँ क्रमशः लघु, गुरू, गुरू, गुरू

सम चरण वर्ण क्रमांक पाँचवाँ, छठा, सातवाँ, आठवाँ क्रमशः लघु, गुरू, लघु, गुरू

अनुष्टुप छन्द के उदाहरण स्वरूप श्रीमद्भगवद्गीता के तीसरे अध्याय से तीसरा श्लोक प्रस्तुत किया जा रहा है. विश्वास है, यह श्लोक इस छन्द के सभी चरणों के आठवें वर्ण की मात्रा को और अधिक बेहतर ढंग से समझने में सहयोगी होगा

लोकेऽस्मिन द्विधा निष्ठा पुरा प्रोक्ता मयानघ
ज्ञानयोगेन सांख्यानां कर्म योगेन योगिनां ।।

प्रथम पंक्ति के विषम चरण में आठवाँ वर्ण 'निष्ठा' शब्द का 'ठा' है, अतः इस वर्ण की मात्रा को लेकर कोई दुविधा नहीं है. किन्तु, इसी श्लोक के सम चरण में शब्द 'मयानघ' अत्यंत सटीक उदाहरण है, जहाँ 'घ' पर श्लोकवाचन में स्वरबल दिया जाता है. परन्तु, इस वर्ण (घ) पर कोई दीर्घ स्वर की मात्रा नहीं है.

इस छन्द के अन्य हिन्दी भाषी उदाहरण —

तेरा दिल बसेरा हो, घरौंदा प्यार भाव का
धर्म सर्वसमाही हो, कर्म धारे विशालता

न भेद नौनिहालों में, भेद मानें पढ़ेलिखे
''पन्थ है प्रक्रियावादी, धर्म तथ्य उभारता''

गूढ़ बातें नहीं हैं ये, किन्तु बेशक जानिये
होंगे राम अजानों में, दिखे कान्हा सलीम का

बने यों ज़िंदग़ी आसां, होगा संयत आदमी
हर मंदिर शोभेगा, ईश के दरबार सा

चप्पा चप्पा भरोसे से, आप्लावित रहे सदा
तभी समाज में व्यापे, आत्मीयता, उदारता (स्वरचित)

गीतिका छन्द

गीतिका छन्द के नाम पर विशेष ध्यान देने की आवश्यकता है. कारण कि, इसी से मिलते-जुलते नाम का एक और छन्द हरिगीतिका भी एक सुप्रसिद्ध छन्द है. गीतिका चार पदों का अर्द्धसममात्रिक छन्द है. प्रति पद 26 मात्राएँ होती हैं. प्रत्येक पद 14-12 अथवा 12-14 मात्राओं की यति के अनुसार सधे होते हैं. पदान्त में लघु+गुरु से होना अनिवार्य है.

गीतिका छन्द के प्रत्येक पद की तीसरी, दसवीं, सत्तरहवीं और चौबीसवीं मात्राएँ लघु हों, तो छन्द की गेयता सर्वाधिक सरस होती है. किन्तु, मूल शास्त्र के अनुसार यह तथ्य प्रमाणित नहीं है. ऐसे भी उदाहरण मिलेंगे जिनमें तीसरी तथा चौबीसवीं मात्राएँ लघु हों भी तो दसवीं और या सतरहवीं मात्राएँ लघु न हो कर पूर्ववर्ती अक्षर में समाहित हो कर गुरु हो गयी हैं. किन्तु, ऐसे प्रयोग बहुत प्रचलित नहीं हो पाये.

चूँकि, हम छन्दों के आधारभूत स्वरूप पर ही विचार कर रहे हैं, तो क्यों न इस मंतव्य –कि, प्रत्येक पद की तीसरी, दसवीं, सत्तरहवीं और चौबीसवीं मात्राएँ लघु हों– को मूल नियम की तरह अपना लें, ताकि इस छन्द पर होने वाला अभ्यास एकसार तथा एकनिष्ठ तो हो ही, सार्थक भी हो. अतः, हम इस छन्द के प्रत्येक पद में तीसरी, दसवीं, सतरहवीं तथा चौबीसवीं मात्राओं को लघु ही रखने का अभ्यास करेंगे.

यह निर्विवाद है कि छन्द के पदान्त में रगण (राजभा या ऽ।ऽ या 212 या गुरु+लघु+गुरु) की स्थिति छन्द को श्रुति मधुर बना देती है.

उपर्युक्त विश्लेषण से, इस छन्द के पद का मात्रिक विन्यास निम्नवत भी किया जा सकता है -

2122 / 2122 / 2122 / 212

अथवा

ला ल लाला / ला ल लाला / ला ल लाला / लालला

अथवा

गुरु+लघु+गुरु+गुरु / गुरु+लघु+गुरु+गुरु / गुरु+लघु+गुरु+गुरु / गुरु+लघु+गुरु

निम्नलिखित उदाहरण द्रष्टव्य है, जिसमे बोल्ड किये अक्षर नियमानुसार लघु मात्रिक हैं तथा यति 14-12 पर बन रही है

हे **प्रभो** आनं**द**दाता, **ज्ञा**न हमको दी**जि**ये.

शी**घ्र** सारे दु**र्गु**णों को, दू**र** हमसे की**जि**ये.

ली**जि**ये हमको **श**रण में हम **स**दाचारी **ब**नें.

ब्र**ह्म**चारी धर्म**र**क्षक वीर व्रतधारी **ब**नें.... (पं. राम नरेश त्रिपाठी)

इस उदाहरण छन्द में तुकान्तता नियमों के अनुसार दो-दो पदों में बन रही है. यों 12-14 पर यति भी मान्य है, जैसे -

राम ही की भक्ति में, अपनी भलाई जानिये. (भानु प्रसाद)

ध्यातव्य - गीतिका छन्द को **चंचरी** या **चर्चरी** भी कहते हैं.

कई विद्वानों ने **चंचरी** या **चर्चरी** के लिए विशेष वर्णवृत भी बनाया है जो निम्नलिखित है –

रगण सगण जगण जगण भगण रगण

इस वर्णवृत या विन्यास को सूत्रवत निरुपित करें तो निम्न सूत्र प्राप्त होता है

212 / 112 / 121 / 121 / 211 / 212

प्राप्त सूत्र पर ध्यान दिया जाय तो ज्ञात होता है कि गीतिका छन्द का सूत्र ही एक विशेष रूप में सामने आया है. भले ही, दूसरे वाले सूत्र में कई गुरु विखण्डित हो कर दो लघु यानि लघु+लघु बन गये हैं.

दोनों सूत्रों को एकसाथ प्रस्तुत किया जाय तो इनकी समानता अधिक स्पष्टता के साथ सामने आती है –

गीतिका का सूत्र 2122 / 2122 / 2122 / 212

चंचरी या चर्चरी का सूत्र 21211 / 21211 / 21211 / 212

दोनों सूत्रों का मिलान करने पर उनमें जो समानता दिखती है, वह यही है कि गीतिका छन्द के सूत्र के कई गुरु **चंचरी** या **चर्चरी** छन्द के सूत्र में दो लघुओं में प्रस्तुत हुए हैं. जो पढ़ने के क्रम में वर्णों या अक्षर पर बराबर स्वराघात

होने के कारण दिक्कत पैदा नहीं करते. अर्थात एक गुरु या दो लघु द्विकल ही हैं. जैसे कि, **हम** जैसा शब्द दो लघुओं यानि **ह** तथा **म** से निर्मित होने के बावजूद स्वराघात के कारण हम दीर्घ या गुरु की तरह उच्चारित होता है.

इस तथ्य को शब्दकलों के पाठ में भलीभाँति समझाने का प्रयास किया गया है. इस तरह स्पष्ट है कि **चंचरी** या **चर्चरी** छन्द गीतिका छन्द का ही एक अन्य रूप है.

हरिगीतिका छन्द

चार पदों के इस छन्द में प्रचलित रूप से दो-दो पदों की तुकान्तता होती है. हर पद 28 मात्राओं का होता है. जिसकी यति अमूमन 16-12 पर हुआ करती है. किन्हीं-किन्हीं पदों में यही यति 14-14 मात्राओं पर भी देखी गयी है. यतियाँ, जैसा कि सर्वविदित है, पद के निहितार्थ के अनुसार भी हुआ करती है. परन्तु, मान्य और प्रचलित यति 16-12 मात्रा की ही है.

हरिगीतिका छन्द को सरलता से समझने के लिए सूत्रवत यों लिखा जा सकता है - हरिगीतिका / हरिगीतिका / हरिगीतिका / हरिगीतिका

यानि, 'हरिगीतिका' की चार आवृति के शब्दसंयोजन में पद बनते हैं.

यहाँ प्रत्येक 'हरिगीतिका' का अर्थ हुआ लघु+लघु+गुरु+लघु+गुरु की एक आवृति. ऐसी चार आवृतियों से छन्द का एक पद बनता है. स्पष्ट है कि 'हरि' दो लघुओं का समुच्चय यानि एक द्विकल है. इसी छन्द का दूसरा सूत्र यों भी हो सकता है - श्रीगीतिका श्रीगीतिका श्रीगीतिका श्रीगीतिका

उपरोक्त सूत्र का अर्थ यह हुआ कि 'श्री' एक गुरु है.

छन्द के प्रत्येक पद का अन्त यानि पदान्त रगण (राजभा या ऽ।ऽ या 212 या गुरु+लघु+गुरु) से हो तो वाचन का प्रवाह अत्युत्तम होता है. हम भी इस परिपाटी का अनुसरण करेंगे.

एक बात और, इस छन्द के पद में चौकल बनेंगे, लेकिन, कोई चौकल जगण (जभान या ।ऽ। या 121 या लघु+गुरु+लघु) नहीं होना चाहिये.

दूसरी बात जो स्पष्ट रूप से दीखती है, वह ये कि, प्रत्येक पद का 5वाँ, 12वाँ, 19वाँ, 26वाँ पद अनिवार्य रूप से लघु होना निश्चित है. यह इस छन्द की विशेषता है.

दोनों सूत्रों को समानान्तर रखा जाय, तो स्पष्ट होगा, कि 'हरिगीतिका' के 'हरि' को 'श्रीगीतिका' के 'श्री' से परिवर्तित किया जा सकता है. यानि 'हरि' का दो लघु 'श्री' के एक गुरु से आश्यकतानुसार स्थानापन्न हो सकता है. यह संभव भी है क्योंकि ये दोनों द्विकल हैं.

इसके अलावा, उपरोक्त दोनों सूत्रों 'हरिगीतिका' और 'श्रीगीतिका' के 'गी' तथा 'का' को भी दो लघुओं के द्विकल से बदल सकते हैं. बशर्ते, उन दोनों लघुओं का स्वराघात समान रूप से पड़ता हो. यानि, 'गी' तथा 'का' के स्थान पर दीर्घ अक्षर आपरूप ही आते हैं और मान्य हैं. लेकिन, एक समान स्वराघात के दो लघु भी मान्य होंगे.

उपर्युक्त तथ्य को समझने के लिए उदाहरणार्थ एक छन्दांश लेते हैं जो कि मैथिलीशरण गुप्त रचित है

जिसको न निज गौरव तथा निज देश का अभिमान है

वह नर नहीं नरपशु निरा है और मृतक समान है

इन दोनों पदों को सूत्र की आवृति के अनुसार समझा जाय तो -

पहला पद —

जिसको न निज गौरव तथा निज देश का अभिमान है

जिसको न निज - हरिगीतिका - यहाँ **निज** समान स्वराघात पाता है और हरिगीतिका सूत्र के **का** के स्थान पर है.

गौरव तथा - श्रीगीतिका यहाँ **गौ** सूत्र के **श्री** के स्थान पर है एवं **रव** सूत्र के **गी** के स्थान पर है. **रव** के उच्चारण में स्वराघात एक समान दो लघुओं **र** और **व** पर पड़ता है.

निज देश का - हरिगीतिका - विशेष व्याख्या की आवश्यकता नहीं है.

अभिमान है - हरिगीतिका - यहाँ भी विशेष व्याख्या की आवश्यकता नहीं है.

इस पद का अन्त **मान है** से हो रहा है, जोकि रगण के होने की संभावना बना रहा है.

अतः पदान्त भी नियमानुसार है.

छन्दांश का दूसरा पद

वह नर नहीं नरपशु निरा है और मृतक समान है

वह नर नहीं - हरिगीतिका - यहाँ **नर** सूत्र के **गी** के स्थान पर आया है, यह एक समान स्वराघात वाले दो लघुओं से निर्मित है.

नरपशु निरा - हरिगीतिका -यहाँ भी **पशु** सूत्र के **गी** के स्थान पर आया है. अन्य स्पष्ट है.

है और *मृत - श्रीगीतिका -* है तथा **औ** सूत्र के **श्री** और **गी** की जगह पर हैं. मृत सूत्र के का की जगह आया है, जो एक समान स्वराघात के दो लघुओं मृ और त से निर्मित है.

क समान है - हरिगीतिका - विशेष व्याख्या की आवश्यकता नहीं है.

तुकान्तता के अनुसार इस पद का अन्त भी मान है से हो रहा है जो कि रगण (राजभा या ऽ।ऽ या 212 या गुरु+लघु+गुरु) का निर्माण कर रहा है.

अतः पदान्त भी नियमानुसार है.

एक और उदाहरण से उपरोक्त तथ्य को समझने का प्रयास किया जाय. उदाहरण स्वरूप 'रामचरित मानस' में प्रयुक्त एक छन्द के एक पद को लेते हैं

करुना निधान सुजान सील सनेह जानत रावरो

उपरोक्त पद को सूत्र के अनुसार चार आवृतियों में बाँट दिया जाय –

करुना निधा / न सुजान सी / ल सनेह जा / नत रावरो

करुना निधा	हरिगीतिका
न सुजान सी	हरिगीतिका
ल सनेह जा	हरिगीतिका
नत रावरो	हरिगीतिका

साथ ही पदान्त **रावरो** होने के कारण पदान्त का रगण (राजभा या ऽ।ऽ या 212 या गुरु+लघु+गुरु) होना भी निश्चित हो रहा है. यही नियम है.

हरिगीतिका छन्द के कुछ उदाहरण –

दुर्धर्ष तम की उग्र लपटों में घिरा क्यों आर्य है
भौतिक सुखों के मोह में करता दिखे हर कार्य है
व्यवहार से शोषक, विचारों से प्रपीड़क, क्रूर है
फिर-फिर धरा की शक्ति जीवनसंतुलन से दूर है

धरती अहंकारी मनुज की उग्रता से पस्त है
फिर से हिरण्याक्षों प्रताड़ित यह धरा संत्रस्त है
राजस-तमस के बीज से जब पाप तनआकार ले
वाराह की या कूर्म की सद्भावना अवतार ले

फिर से धरा यह रुग्ण-पीड़ित दुर्दशा से व्यग्र है
अब हों मुखर संतान जिनका मन प्रखर है, शुभ्र है
इस कामना के मूल में उद्दात्त शुभ उद्धार है
वर्ना रसातल नाम जिसका वो यही संसार है ('इकड़ियाँ जेबी से' से उद्धृत)

त्रिभंगी छन्द

त्रिभंगी चार पदों का अर्द्धसममात्रिक छन्द है. इसके प्रत्येक पद में चार चरण होते हैं तथा एक पद में कुल मात्राएँ 32 होती हैं. छन्द में दो-दो पदों की तुकान्तता होती है.

चार चरणों में प्रथम चरण में 10 मात्राएँ, दूसरे चरण में 8 मात्राएँ, तीसरे चरण में 8 मात्राएँ तथा चौथे चरण में 6 मात्राएँ होती हैं. प्रत्येक पदान्त गुरु से होता है तथा किसी चरण में जगण (जभान या।ऽ। या 121 या लघु+गुरु+लघु) हर हालत में त्याज्य है.

उपर्युक्त परिभाषा को यदि विन्दुवत किया जाय तो निम्नलिखित स्पष्टता आती है –

1. त्रिभंगी चार पदों का छन्द है

2. प्रत्येक पद में कुल चार चरण 10-8-8-6 के विन्यास पर.

3. दो-दो पदों की तुकान्तता होती है.

4. एक पद में कुल 32 मात्राएँ होती हैं.

5. पहले चरण का प्रारम्भ द्विकल या चौकल से ही होता है.

6. दूसरे चरण में भी पहला शब्द द्विमात्रिक या द्विकल हो. इस चरण का प्रारम्भिक शब्द यदि त्रिकल हो तो उसका गुरु+लघु या ऽ। या 21 विन्यास हो.

7. तीसरे चरण का भी पहला शब्द द्विमात्रिक या द्विकल हो. इस चरण का पहला शब्द त्रिकल हो तो उसका विन्यास गुरु+लघु या ऽ। या 21 हो.

8. चौथा चरण 6 मात्राओं का हो. इस चरण का उत्तम विन्यास 3+3 है.

9. पदान्त अवश्य गुरु से हो. इसे दो लघुओं से परिवर्तित करना मना है. अर्थात अंतिम शब्द त्रिकल होगा जिसका पदभार लघु+गुरु यानि।ऽ या 12 होगा.

10. कुछ उदाहरण ऐसे भी हैं जहाँ तीसरे और चौथे चरणों को मिला

दिया जाता है और इनके बीच यति नहीं होती तथा इस तीसरे चरण की कुल मात्रा 14 होती है. ऐसे में नियम-9 अनिवार्य नहीं रह जाता. इसके साथ ही, पहले दो चरणों में तुकान्तता हो तो काव्य-कौतुक बढ़ जाता है तथा छन्द सुनने में कर्णप्रिय लगता है. यों यह कोई नियम नहीं है.

त्रिभंगी छन्द के उदाहरण

क.

परसत पद पावन, सोक नसावन, प्रगट भई तप, पुंज सही

देखत रघुनायक, जन सुख दायक, सनमुख हुइ कर, जोरि रही

अति प्रेम अधीरा, पुलक सरीरा, मुख नहिं आवै, वचन कही

अतिशय बड़भागी, चरनन लागी, जुगल नयन जल, धार बही (तुलसीदास)

ख.

धीरज मन कीन्हा, प्रभु मन चीन्हा, रघुपति कृपा भगति पाई

पदकमल परागा, रस अनुरागा, मम मन मधुप करै धाई

सोई पद पंकज, जेहि पूजत अज, मम सिर धरेउ कृपाल हरी

जो अति मन भावा, सो बरु पावा, गै पतिलोक अनन्द भरी (तुलसीदास)

सर्वप्रथम, हम उदाहरण के विन्यास को समझने की कोशिश करें –

पहला पद – *परसत पद पावन, सोक नसावन, प्रगट भई तप, पुंज सही*

पहले पद का पहला चरण — *परसत पद पावन*

परसत शब्द का पहला भाग **पर** द्विकल होने से इस छन्द का नियम-5 संतुष्ट होता है.

परसत शब्द चौकल है जिसके बाद **पद** का द्विकल आता है. ठीक इसके बाद **पावन** शब्द पुनः चौकल है. इस तरह पहला चरण सममात्रिक शब्दों का सुगढ़ समुच्चय बन जाता है. यानि, छन्द का पहला चरण संयत ढंग से सधा हुआ है.

चरण के सभी शब्दों की कुल मात्रा 10 है, जोकि नियम-2 के अनुसार सही है.

पहले पद का दूसरा चरण – *सोक नसावन*

इस चरण का पहला शब्द **सोक** (त्रिकल) है. **सोक** का विन्यास गुरु+लघु (ऽ। या 2 1) है, जो नियम-6 को संतुष्ट करता हुआ है. चरण के सभी शब्दों की कुल मात्रा 8 है, जोकि नियम-2 के अनुसार है.

दूसरे चरण का वाक्यांश **सोक नसावन** का शब्द-संयोजन **सोक** (त्रिकल) के बाद **नसावन** के **नसा** (त्रिकल) के कारण त्रिकल के बाद त्रिकल की व्यवस्था बनाता है. इसतरह से **सोक+नसा** मिलकर षटकल का निर्माण करते हैं. इसी चरण में **नसावन** के **वन** (द्विकल) के कारण पूरा चरण सममात्रिक हो जाता है. मालूम है, कि ऐसी व्यवस्था काव्य संयोजन की सटीक व्यवस्था है.

सर्वोपरि, पहले चरण और दूसरे चरण की तुकान्तता क्रमशः **पावन** और **नसावन** के कारण **आवन** तय होती है. जैसाकि वदित है कि त्रिभंगी के पदों में पहले दो चरणों की तुकान्तता वाचन-प्रवाह में सरसता लाती है, जो कर्णप्रिय लगता है.

पहले पद का तीसरा चरण – *प्रगट भई तप*

इस चरण की कुल मात्रा 8 है. जोकि नियम-6 को संतुष्ट करती है. **प्रगट** (त्रिकल) के बाद **भई** (त्रिकल) का आना शब्दकल के अनुसार सटीक है. यानि यह तीसरा चरण भी नियमानुकूल है.

पहले पद का चौथा चरण – *पुंज सही*

6 मात्राओं का यह चरण **पुंज सही** के कारण त्रिकल पर त्रिकल का निर्माण संभव हुआ तो देखता ही है. **सही** (त्रिकल) शब्द का विन्यास लघु+गुरु (।ऽ या 12) होने से क्रमशः नियम-8 और नियम-9 भी संतुष्ट हो रहे हैं.

छन्द में तुकान्तता नियम-3 के अनुसार दो-दो पदों की होती है. परन्तु, इस उदाहरण स्वरूप प्रस्तुत हुए इस छन्द के चारों पद तुकान्तता की दृष्टि से

समान हैं. वस्तुतः यह कोई दोष नहीं है. बल्कि रचनाकार द्वारा काव्य-कौतुक के तौर पर हुआ प्रयास अधिक है. इस तरह, पूरा पद ही नियमानुकूल दिखता है.

इसी क्रम में हम अन्य तीनों पदों को नियमों की कसौटी पर देख सकते हैं. कहने का तात्पर्य यह हुआ कि उदाहरण-क का छन्द त्रिभंगी छन्द के मूलभूत नियमों का पालन करता हुआ है.

अब उदाहरण-ख के छन्द को देखा जाय.

छन्द का पहला पद -

धीरज मन कीन्हा, प्रभु मन चीन्हा, रघुपति कृपा भगति पाई

प्रथम दृष्ट्या प्रतीत होता है कि उदाहरण स्वरूप लिये गये छन्द के पदों में चार चरणों की जगह तीन ही चरण हैं. यह व्यवस्था नियम-10 के अनुरूप है. अब इस तीसरे चरण की कुल मात्रा 14 होगी. तथा, इस चरण का विन्यास भी प्रयुक्त शब्दों की व्यवस्था शब्दकलों के अनुसार साधते हुए होगी. अर्थात, पदान्त गुरु से अवश्य होगा, लेकिन नियम-9 के अनुसार अन्तिम दो वर्णों का विन्यास लघु+गुरु न भी हो तो अन्तर नहीं पड़ने वाला. यह दिखता भी है, जब इस चरण का अन्तिम शब्द **पाई** है, जिसका विन्यास गुरु+गुरु (ऽऽ या 22) है.

आगे, ध्यान से देखा जाय तो इस पद के अन्य चरणों से सम्बन्धित तथ्य नियमों के अनुरूप होने से पुनः उद्धृत करने लायक नहीं हैं. सिवा इसके कि इस छन्द के तीसरे तथा चौथे पद में भी अंतिम चरण कुल 14 मात्राओं के हैं (नियम-10). लेकिन, चरण में शब्दकल को साधते हुए अपनायी गयी शब्दों की व्यवस्था के बावजूद पदान्त लघु+गुरु (।ऽ या 12) से हो रहा है. यह नियम-9 को संतुष्ट करने की अपेक्षा शब्दकलों के अनुसार आवश्यक व्यवस्था को निभाने के क्रम में अनायास हुआ विन्यास अधिक है.

उदाहरण-ख के छन्द के अन्य पदों की भी हम इसी ढंग से परख कर सकते हैं.

चौपइया छन्द

त्रिभंगी छन्द से ही मिलता-जुलता एक और छन्द है, जिसका नाम चौपइया छन्द है. हमें चौपाई, चौपई, चौपइया छन्दों के नाम के साथ-साथ इनके विधान के प्रति स्पष्ट हो जाना चाहिये. नहीं तो भ्रम की स्थिति बन जाती है. तीनों छन्द अलग-अलग हैं. इनके विधान अलग-अलग हैं.

जैसा कि ऊपर कहा गया है कि चौपइया छन्द त्रिभंगी छन्द से मिलता-जुलता है. यह अन्तर ऐसे समझा जा सकता है.

त्रिभंगी के चार चरणों में से अंतिम चरण से यदि दो मात्रिक शब्द यानि द्विकल कम कर दिये जायँ तो बचे हुए पद का विन्यास चौपइया छन्द के अनुसार हुआ कहलाता है. चौपइया छन्द के बाकी सारे नियम त्रिभंगी के अनुरूप ही होते हैं. इसतरह, चौपइया छन्द के लिए निम्नलिखित नियम कहे जा सकते हैं.-

1. चौपइया छन्द चार पदों का छन्द है

2. प्रत्येक पद में कुल चार चरण 10-8-8-4 के विन्यास पर.

3. दो-दो पदों की तुकान्तता होती है.

4. एक पद में कुल 30 मात्राएँ होती हैं.

5. पहले चरण का प्रारम्भ द्विकल या चौकल से ही होता है.

6. दूसरे चरण में भी पहला शब्द द्विमात्रिक या द्विकल हो. इस चरण का प्रारम्भिक शब्द यदि त्रिकल हो तो उसका गुरु+लघु या ऽ। या 21 विन्यास हो.

7. तीसरे चरण का भी पहला शब्द द्विमात्रिक या द्विकल हो. इस चरण का पहला शब्द त्रिकल हो तो उसका विन्यास गुरु+लघु या ऽ। या 21 हो.

8. चौथा चरण 4 मात्राओं का हो.

9. पदान्त अवश्य गुरु से हो. इसे दो लघुओं से परिवर्तित करना मना है. अर्थात अंतिम शब्द त्रिकल होगा जिसका पदभार लघु+गुरु यानि।ऽ या 12 होगा.

10. कुछ छन्दों का विन्यास ऐसा भी है जहाँ तीसरे और चौथे चरणों

को मिला दिया जाता है और इनके बीच यति नहीं होती तथा इस तीसरे चरण की कुल मात्रा 12 होती है. ऐसे में नियम-9 अनिवार्य नहीं रह जाता.

इसके साथ ही, पहले दो चरणों में तुकान्तता हो तो काव्य-कौतुक बढ़ जाता है तथा छन्द सुनने में कर्णप्रिय लगता है. यों यह कोई नियम नहीं है.

उदाहरण स्वरूप गोस्वामी तुलसीदास का अत्यंत प्रसिद्ध छन्द देखा जाये

भय प्रगट कृपाला, दीनदयाला, कौसल्या हितकारी.

हरषित महतारी, मुनि मन हारी, अद्भुत रूप बिचारी

लोचन अभिरामा, तनु घनस्यामा, निज आयुध भुज चारी

भूषन वनमाला, नयन बिसाला, सोभासिन्धु खरारी

उदाहरण स्वरूप प्रस्तुत उपर्युक्त छन्द को ध्यान से देखा जाय तो इसमें तीसरे और चौथे चरण को मिला कर एक किया गया है. तथा, त्रिभंगी छन्द की तुलना में इस भाग (चरण) से एक द्विकल कम है. यानि, इस चरण की कुल मात्रा 12 है.

पदान्त भी लघु+गुरु न हो कर गुरु+गुरु (ऽऽ या 22) पर नियत है. यानि, छन्द में तुकान्तता दो-दो पदों के अनुसार न हो कर चारों पदों में समान है. लेकिन यह रचनाकार का व्यक्तिगत प्रयास है. ऐसा होना कत्तई अनिवार्य नहीं है. नियमतः दो-दो पदों की तुकान्तता मान्य है (नियम-3).

आल्हा या वीर छन्द

आल्हा या वीर छन्द दो पदों के चार चरणों का छन्द है, जिसमें यति 16-15 मात्रा पर नियत होती है. यानि, यह अर्द्धसममात्रिक छन्द है. आल्हा छन्द को मात्रिक सवैया भी कहते हैं.

छन्द में विषम चरण का अंत गुरु (ऽ या 2) या लघु+लघु (।। या 11) या लघु+लघु+गुरु (।।ऽ या 112) या गुरु+लघु+लघु (ऽ।। या 211) से होता है. तथा, सम चरण का अंत गुरु+लघु (ऽ। या 21) से होना अनिवार्य है.

यह मात्रिक छन्द होने के कारण रचनाकारों से पदों में शब्दकल के नियमों के निर्वाह का अभ्यास मांगता है. यथा, त्रिकल के बाद त्रिकल का आना, शब्दों की व्यवस्था ऐसी हो कि पद में सममात्रिकता बन जाये आदि.

आल्हा छन्द के पारिभाषिक कथ्य को विन्दुवत कहा जाय तो –

1. दो पदों, तदनुरूप, चार चरणों का छन्द.

2. सम पदों में तुकान्तता बनती है.

3. प्रति पद दो चरण 16-15 की यति बनाते हैं

4. पहले चरण यानि विषम चरण का अन्त गुरु (ऽ या 2) या लघु+लघु (।। या 11) या लघु+लघु+गुरु (।।ऽ या 112) या गुरु+लघु+लघु (ऽ।। या 211) से होता है. किन्हीं स्थितयों में विषम चरण का अन्त रगण (राजभा या ऽ।ऽ या 212 या गुरु+लघु+गुरु) से भी हो तो अन्यथा नहीं. किन्तु इस तरह का प्रयोग न हो तो श्रेयस्कर है.

5. दूसरे चरण यानि सम चरण का अन्त, जोकि छन्द का पदान्त भी होता है, गुरु+लघु (ऽ। या 21) से होना अनिवार्य है.

6. आल्हा छन्द की रचनाएँ रचनाकर्मियों और श्रोता-पाठकों में ओजस्वी भावनाओं का संचार कर देती है. इस हिसाब से अतिशयोक्तिपूर्ण कथ्य या अभिव्यंजना इस छन्द का आपरूप गुण है.

नियम-6 का अर्थ यह है कि छन्द की रचनाओं के कथ्य अक्सर ओज भरे होते हैं और सुनने वाले के मन में उत्साह तथा उत्तेजना पैदा करते हैं. इस

हिसाब से अतिशयोक्तिपूर्ण अभिव्यंजना इस छन्द की मौलिक गुण हुआ करती है.

जनश्रुति भी इस छन्द की विधा को इसी छन्द की विधा में कुछ यों रेखांकित करती है

आल्हा मात्रिक छन्द, सवैया, सोलहपन्द्रह यति अनिवार्य

गुरु-लघु चरण अन्त में रखिये, सिर्फ वीरता हो स्वीकार्य

अलंकार अतिशयताकारक, करे राइ को तुरत पहाड़

ज्यों मिमयाती बकरी सोचे, गुँजा रही वन लगा दहाड़

आल्हा छन्द के विधान में एक उदाहरण –

बारह बरिस ल कुक्कुर जीयें, अउ तेरह लें जियें सियार,
बरिस अठारह छत्री जीयें, आगे जीवन को धिक्कार.

उपर्युक्त छन्द का आल्हा छन्द के नियमों की कसौटी पर देखा जाय.

पहला पद- *बारह बरिस ल कुक्कुर जीयें, अउ तेरह लें जियें सियार,*

पहले पद का पहला यानि विषम चरण – *बारह बरिस ल कुक्कुर जीयें*

बारह = चौकल

बरिस ल = चौकल

कुक्कुर = चौकल

जीयें = चौकल

छन्द के पहले पद के पहले चरण में प्रयुक्त सभी शब्दों के चौकल होने के कारण सममात्रिकता की आदर्श स्थिति बनती है. चरण के समस्त शब्दों की कुल मात्रा 16 है, जोकि नियम-3 के अनुसार आवश्यक स्थिति है.

इस चरण के अन्तिम शब्द जीयें का विन्यास गुरु+गुरु (ऽऽ या 22) होने से नियम-4 संतुष्ट हो रहा है.

पहले पद का दूसरा यानि सम चरण – *अउ तेरह लें जियें सियार*

अउ = द्विकल

तेरह = चौकल

लें   = द्विकल

सियार = चौकल जोकि जगण (जभान या ।ऽ। या 121 या लघु+गुरु+लघु) है.

छन्द के पहले पद के दूसरे चरण के सभी शब्द सममात्रिकता का सफलतापूर्वक निर्वहन कर रहे हैं. इस तथ्य को और स्पष्ट ढंग से समझें.

चरण के पहले द्विकल और चौकल की समवेत सममात्रिकता पर कुछ अधिक नहीं कहना, कि, यह स्वयंसिद्ध है. अलबत्ता, अन्तिम शब्द **सियार** का **सिया** (त्रिकल) अपने से ठीक पहले के शब्द **जियें** (त्रिकल) से मिलकर **जियें सिया** जैसा षटकल का निर्माण कर रहा है. इस तरह से चरण के सभी शब्द सममात्रिकता का निर्वहन करते दिख रहे हैं.

प्रदत्त उदाहरण का दूसरा पद –

बरिस अठारह छत्री जियें, आगे जीवन को धिक्कार.

दूसरे पद का पहला यानि विषम चरण – *बरिस अठारह छत्री जियें*

बरिस   = त्रिकल

अठा   = त्रिकल

रह   = द्विकल

छत्री   = चौकल

जियें   = चौकल

छन्द के दूसरे पद के पहले चरण में **बरिस** (त्रिकल) के बाद अठारह जैसा शब्द आता है, जिसके **अठा** (त्रिकल) से मिल कर **बरिस अठा** जैसा षटकल बनता है. इसके आगे सममात्रिक कलों से कुछ अधिक कहने की आवश्यकता नहीं बनती. चरण के समस्त शब्दों की कुल मात्रा 16 है, जोकि नियम-3 के अनुसार आवश्यक स्थिति है. इस चरण के अन्तिम शब्द जियें का विन्यास गुरु+गुरु (ऽऽ या 22) होने से नियम-4 संतुष्ट हो रहा है.

दूसरे पद का दूसरा यानि सम चरण – *आगे जीवन को धिक्कार*

आगे   = चौकल

जीवन   = चौकल

को   = द्विकल

धिक्   = द्विकल

कार   = त्रिकल

छन्द के दसरे पद के दूसरे चरण के सभी शब्द सममात्रिकता का सफलतापूर्वक निर्वहन कर रहे हैं.

चरण के पहले शब्द **आगे** (चौकल) और दूसरे शब्द **जीवन** (चौकल) की समवेत सममात्रिकता पर विशेष कुछ नहीं कहना. इसके बाद, दो और द्विकल (क्रमशः **को** तथा **धिक** जोकि शब्द **धिक्कार** का पहला शब्दांश है) सममात्रिक शब्दों का समुच्चय बना रहे हैं. चरण का अन्तिम शब्द **धिक्कार** है जिसका अन्तिम शब्दांश **कार** (त्रिकल) पदान्त को गुरु+लघु का विन्यास दे रहा है (नियम-5). अतः आल्हा छन्द के विधान के नियमों के अनुसार यह चरण भी सुगढ़ है.

कुल मिला कर यही कहा जा सकता है, कि उदाहरण स्वरूप प्रस्तुत आल्हा छन्द के दो पद हैं तथा दोनों पदों में 16 मात्राओं के बाद यति बन रही है जोकि विषम चरण की कुल मात्रा भी है. दूसरे चरण यानि सम चरण में प्रयुक्त सभी शब्दों की कुल मात्रा 15 है. ये सारा कुछ आल्हा छन्द के विधान के नियम-1 तथा नियम-3 के अनुरूप ही है.

दोनों पदों के सम चरण क्रमशः **सियार** तथा **धिक्कार** शब्दों के समान शब्दांश **आर** से तुकान्तता का निर्वहन कर रहे हैं. अतः नियम-2 संतुष्ट हो रहा है.

छन्द के दोनों सम चरणों में अंतिम शब्द का अन्तिम शब्दांश क्रमशः **यार** तथा **आर** होने से पदान्त में गुरु+लघु की अनिवार्यता भी संतुष्ट हो रही है, अतः नियम-5 संतुष्ट हो पा रहा है.

सर्वोपरि, पहले पद **कुक्कुर** (कुत्ते) और **सियार** जैसे तुच्छ या कमतर प्राणियों के वास्तविक जीवनकाल को इंगित करते हुए, दूसरे पद में क्षत्रिय युवकों के आरोपित जीवनकाल को जिस तरह से खड़ा किया जा रहा है वह सिवा उत्साहित करने के और कुछ नहीं. यही उकसाना अतिशयोक्ति अभिव्यंजना बन

कर सामने आ रहा है. यह सारा प्रक्रम नियम-6 के मर्म को प्रतिस्थापित करता हुआ है. इसी क्रम में महारानी लक्ष्मी बाई का चित्रण करता एक आल्हा छन्द देखें

कर में गह करवाल घूमती, शक्ति बनी रानी साकार.

सिंहवाहिनी, शत्रुघातिनी सी करती थी अरि संहार.

अश्ववाहिनी बाँध पीठ पै, पुत्र दौड़ती चारों ओर.

अंग्रेजों के छक्के छूटे, दुश्मन का कुछ, चला न जोर..

बुंदेलखंड की अतिप्रसिद्ध काव्यकृति **जगनिक** रचित 'आल्हखण्ड' से कुछ पद प्रस्तुत हैं.

ध्यान देने की बात यहाँ यह है, कि इस प्रस्तुति की भाषा हिन्दी न हो कर बुन्देली है. बुन्देली भाषा क्षेत्रीय या आंचलिक होने के कारण उसके अक्षरों में प्रयुक्त स्वर हिन्दी भाषा के अक्षरों में प्रयुक्त स्वरों से भिन्न होते हैं, भले ही वे देवनागरी लिपि में अभिव्यक्त होने के कारण हिन्दी स्वरों के आधार पर प्रयुक्त किये गये हों.

इन पंक्तियों में अतिशयोक्ति का सुन्दर उदाहरण देखा जा सकता है. यथा, रागरागिनी ऊदल गावैं, पक्के महल दरारा खाँय!

पहिल बचनियाँ है माता की, बेटा बाघ मारि घर लाउ.

आजु बाघ कल बैरी मारिउ, मुर छतिया की दाह बताउ.

बिन अहेर के हम ना जावैं, चाहे कोटिन करो उपाय.

जिसका बेटा कायर निकले, माता बैठि-बैठि पछताय.

टँगी खुपड़िया बाप-चचा की, मांडूगढ़ बरगद की डार.

आधी रतिया की बेला में, खोपडी कहे पुकार-पुकार.

कहवां आल्हा कहवां मलखै, कहवां ऊदल लडैते लाल.

बचि कै आना मांडूगढ़ में, राज बघेल जिये कै काल.

सावन चिरैया ना घर छोडे, ना बनिजार बनीजी जाय.

टपटप बूँद पडी खपड़न पर, दया न काहूँ ठांव देखाय.

भुजंगप्रयात छन्द

वर्णिक छन्दों में इस छन्द का प्रमुख स्थान रहा है. भुजंगप्रयात छन्द का प्रत्येक पद यगण (यमाता या ।ऽऽ या 122 या लघु+गुरु+गुरु) की चार आवृतियों से बना हुआ होता है.

भुजंगप्रयात छन्द का सूत्र – यमाता यमाता यमाता यमाता

अर्थात – ।ऽऽ ।ऽऽ ।ऽऽ ।ऽऽ

या,

लघु+गुरु+गुरु / लघु+गुरु+गुरु / लघु+गुरु+गुरु / लघु+गुरु+गुरु

रचनाकार छन्द के उपर्युक्त सूत्र के आधार पर शब्द बिठाते हुए चार पदों का निर्माण करते हैं. ये चार पद एक भुजंगप्रयात छन्द का परिचायक है. उदाहरण स्वरूप एक भुजंगप्रयात छन्द –

मिला रक्त मिट्टी, भिगोयीसँवारी

यही साधना, मैं इसी का पुजारी

यही छाँव मेरी, यही धूप माना

यही कर्म मेरे, यही धर्म जाना

हम उदाहरण स्वरूप लिये गये छन्द को शिल्प की कसौटी पर देखें.

उपर्युक्त छन्द का पहला पद – *मिला रक्त मिट्टी भिगोयीसँवारी*

मिला रक्	= लघु+गुरु+गुरु यानि यगण
त मिट्टी	= लघु+गुरु+गुरु यानि यगण
भिगोयी	= लघु+गुरु+गुरु यानि यगण
सँवारी	= लघु+गुरु+गुरु यानि यगण

अर्थात, उपर्युक्त पद मे यगण की चार आवृतियाँ निहित हैं. यही क्रम छन्द के अन्य तीन पदों में भी विद्यमान है. इस तरह, प्रदत्त छन्द एक सफल भुजंगप्रयात छन्द का उदाहरण है.

ऊपर दी गयी व्याख्या पर ध्यान दिया जाय, तो, यह पूरी तरह से स्पष्ट है कि इस छन्द के पदों में शब्दों को यगण की आवृति के अनुरूप बिठाया गया है. अर्थात, शब्दकलों को साधने की आवश्यकता नहीं हुई है, न ही शब्दों के संयोजन के लिए कोई क्रम निर्धारित करना पड़ा है.
यह मात्रिक छन्दों और वर्णिक छन्दों के बीच मुख्य अंतर है.

चूँकि, यगण की आवृति (बारम्बारता) से बना यह वृत पढ़ने के क्रम में भुजंग यानि के सर्प की गति का आभास देता है. इसीकारण, इस छन्द का नामकरण भुजंगप्रयात हुआ. कुछ और भुजंगप्रयात छन्द –

यहाँ भूख से कौन जीता कभी है
बिके जो बनाया, घरौंदा तभी है
तभी तो उजाला, तभी है सवेरा
तभी बालबच्चे, तभी हाटडेरा

कलाकार क्या हूँ.. पिता हूँ, अड़ा हूँ
घुमाता हुआ चाक देखो भिड़ा हूँ
कहाँ की कला ये जिसे खूब बोलूँ
तुला में फतांसी नहीं, पेट तौलूँ

न आँसू, न आहें, न कोई गिला है
वही जी रहा हूँ, मुझे जो मिला है
कुआँ खोद मैं रोज पानी निकालूँ
जला आग चूल्हे, दिलासे उबालूँ

घुमाऊँ, बनाऊँ, सुखाऊँ, सजाऊँ

यही चार हैं कर्म मेरे निभाऊँ

न होटों हँसी, तो दुखी भी नहीं हूँ

जिसे रोज जीना.. कहानी वही हूँ (इकड़ियाँ जेबी से)

इस छन्द से प्रभावित अथवा मिलते-जुलते अन्य स्वरूप भी हैं. जैसे, यगण (यमाता या ।ऽऽ या 122 या लघु+गुरु+गुरु) की आवृति चार की न हो कर आठ बार हो, तो ऐसी कोई व्यवस्था 'सवैया छन्द' के वृत का कारण बनती है. ऐसे सवैया छन्द का नाम महाभुजंगप्रयात सवैया है. फिर, यगण (यमाता या ।ऽऽ या 122 या लघु+गुरु+गुरु) की आठ आवृतियों में से आठवीं आवृति का अंतिम गुरु निकाल दया जाय तो वह वृत 'वागीश्वरी सवैया' हुआ करता है.

सवैया

छन्द शास्त्र में गुरु और लघु मुख्य वर्ण हैं. हमें अब पता है कि इन दोनों वर्णों, यानि गुरु और लघु, के विभिन्न मेल से, जिसमें इन दोनों वर्णों की कुल संख्या तीन ही रहती है, किसी एक गण का निर्माण होता है.

उदाहरण के लिए, यगण लघु+गुरु+गुरु की क्रमगत व्यवस्था से बना है, सगण लघु+लघु+गुरु की क्रमगत व्यवस्था से बना है, भगण गुरु+लघु+लघु की क्रमगत व्यवस्था से बना है, रगण गुरु+लघु+गुरु की क्रमगत व्यवस्था से बना है, आदि.

ऐसे किसी गण की पाँच से अधिक आवृतियों को, या इस आवृति में यदि आवश्यकता हो तो गुरु या लघु वर्ण के जुड़ने या घटने से, या किसी एक या एक से अधिक किसी अन्य गण के सहयोग से बनी क्रमगत व्यवस्था, जो कि एक पद (पंक्ति) का निर्माण करती है, के चार पदों के समूह को सवैया छन्द कहते हैं. सवैया वर्णिक छन्द हैं. उपर्युक्त परिभाषा से स्पष्ट है, एक सवैया में चार पद होते हैं और उनका पदान्त समतुकान्त होता है.

इसे और स्पष्ट किया जाय, तो इसीको कुछ ऐसे कहा जा सकता है, वर्णिक पदों या पंक्तियों में इन्हें वृत्त भी कहते हैं 22 से 26 वर्णों के पद (पंक्ति) वाली चार पदीय व्यवस्था को सवैया कहते हैं.

घनाक्षरी के समान ही हिन्दी रीतिकालीन काव्य में विभिन्न प्रकार के सवैयों का प्रचलन रहा है. कई विद्वान सवैया को भी घनाक्षरी की तरह मुक्तक कहते हैं.

सवैया में प्रयुक्त गणों के अनुरूप ही शब्दों को पिरोया जाता है, अतः इसके पद आज की हिन्दी भाषा के स्वरूप को सहजता से स्वीकार नहीं कर पाते. या कहिये, कठिनता से स्वीकार करते हैं.

हिन्दी का आंचलिक रूप इस छन्द को अधिक रुचता है. क्योंकि उन भाषाओं में शब्द सरलता से अपने 'पद' स्वरूप को प्राप्त कर लेते हैं. यह 'पद' पंक्तियों के समानार्थी 'पद' से भिन्न है. इस 'पद' को आगे स्पष्ट किया गया है.

एक और कारण यह भी है कि, वाचन-प्रवाह के क्रम में कई शब्दों की

मात्राएँ गणों के अनुसार बरतनी पड़ती है. इससे होता यह है कि शब्दों में निहित गुरु मात्राएँ उच्चारित तो होती हैं लेकिन उन पर स्वराघात का समय गण के तयशुदा वर्ण यदि वह लघु हो तो कम हो जाता है और वो मात्राएँ उच्चारण के आधार पर लघु वर्ण के अधिक निकट हो जाती हैं.

हमें शब्द और गण आधारित 'पद' के बारे में अवश्य जानना चाहिये. यहाँ ध्यान देने योग्य तथ्य है, कि ये 'पद' ऐसे शब्द हैं, जो गण के अनुरूप ढल जाते हैं. जैसे, **मन** एक शब्द है जबकि **मनहिं** पद है, जिसका अर्थ है **मन में.** इसी तरह, **राम** एक तरह का संज्ञा शब्द है. जबकि **रामहिं** इसका पद वाला रूप है, जिसका हिन्दी अर्थ होता है, **राम से.** इसतरह के कई उदाहरण आंचलिक भाषाओं में संभव हैं. जबकि खड़ी हिन्दी में शब्दों के ऐसे रूप संभव ही नहीं हैं.

यही कारण है कि आंचलिक भाषाओं, जैसे कि, अवधी, ब्रज, भोजपुरी, मैथिली आदि भाषाओं में सवैया छन्द में रचनाकर्म करना अधिक सरल हुआ करता है.

अब उच्चारण में होने वाले स्वराघात और इसके प्रभाव को समझा जाए. एक शब्द लिया गया, **सारे.** यहाँ **रे** पर यदि बलाघात कम कर दिया जाय तो **रे** का लघु रूप उच्चारित होगा. इसी तरह **नहीं** शब्द है. इसे **नहिं** की तरह लिख कर लघु+लघु रूप में उच्चारित करना संभव कर पाते हैं. या, **है** को भी कई बार आवश्यकतानुसार **ह** की तरह या कम स्वरबल लगा कर उच्चारित करते हैं. प्रश्न उठता है, क्या शब्द **सारे** के **सा** पर बलाघात कम किया जा सकता है?

इसका उत्तर इस शब्द की बुनावट में छुपा है. **सारे** शब्द के **सा** का लघु रूप किया जाय तो इस शब्द का स्वरूप ही बिगड़ जायेगा. क्योंकि, **सारे** फिर **सरे** की तरह उच्चारित होगा. ऐसे क्या शब्द ही नहीं बदल गया? क्या यह किसी सार्थक शब्द की आत्मा के साथ खिलवाड़ करना नहीं हो गया? अतः, किसी दीर्घ स्वरयुक्त अक्षर पर स्वराघात अनायास ही कम नहीं किया जा सकता.

एक बात और, जो एक तरह से सभी वर्णिक छन्दों में मान्य है. कि, कारक की विभक्तियाँ उच्चारण के क्रम में लघु स्वरूप में स्वीकारी जा सकती हैं. जैसे,

कर्ता – ने, इसे **न** की तरह उच्चारित किया सकता है.

कर्म – को. इसे **क** की तरह पढ़ा जा सकता है.

करण – से, इसे **स** की तरह पढ़ सकते हैं.

अपादान – से, इसे **स** की तरह उच्चारित किया जा सकता है.

सम्बन्ध – का, के, की, इन तीनों के लिए मात्र **क** उच्चारित किया जा सकता है.

अधिकरण – में, पे आदि क्रमशः **मँ** और **प** की तरह उच्चारित हो सकते हैं.

इस पूरी प्रक्रिया को उर्दू काव्य में अपनाये गये 'मात्रा गिराने' के नियम के समानान्तर कत्तई न समझा जाए.

इन छन्दों का वाचन यदि सप्रवाह हो तो पदों के उच्चारण के क्रम में हो रही स्वर-आवृतियों के उतार-चढ़ाव से जिस वातावरण का निर्माण होता है वह अत्यंत कर्णप्रिय होता है. काव्य-रसिकों तथा साधकों के लिए ऐसे किसी वातावरण का हिस्सा बनना एक उपलब्धि हुआ करती है. रचनाकर्मियों द्वारा इन वृत्तों पर प्रयास छन्दशास्त्र की विधाओं को साधने का आधार हुआ करता है.

परन्तु जैसी कि हमने इसी पाठ में चर्चा की है, सवैया के वृत्त प्रयुक्त भाषा में एक सीमा के बाहर तक लचीलापन की अपेक्षा करते हैं. इस स्तर पर खड़ी हिन्दी में इस छन्द का निर्वहन दुःसाध्य नहीं तो दुष्कर अवश्य है. किन्तु, इसी क्रम में हम यह साझा करते चलें कि आधुनिक हिन्दी के कई मूर्धन्य कवियों ने हिन्दी भाषा के काव्यसंग्रहों तथा खण्ड काव्यों में सवैया छन्दों का बड़ा ही सुगढ़, सुरुचिपूर्ण एवं मनोहारी प्रयोग किया है.

हम यह अवश्य करेंगे कि दो अत्यंत प्रसिद्ध सवैयों, दुर्मिल सवैया और मत्तगयंद सवैया के विधान पर अलग-अलग प्रकाश डालेंगे. इन दोनों सवैयों के पदों के निर्वहन व्यवहार को समझ कर रचनाकर्मी सवैयों के अन्य प्रकारों पर अभ्यास कर सकते हैं. उन सवैयों के सूत्रवत प्रारूप अवश्य ही साझा किया जायेगा.

दुर्मिल सवैया

दुर्मिल सवैया एक सगणाश्रित सवैया है. यानि सगण वर्ण पर आश्रित सवैया है. यह अत्यंत ही प्रचलित सवैया छन्द है और इसका विशद प्रयोग रीतिकाल और भक्तिकाल से लेकर आधुनिक काल तक दिखता है.

सगण (सलगा या ।।ऽ या 112 या लघु+लघु+गुरु) की आवृति वाले विन्यास पर शब्दों को कुछ इस तरह बिठाया जाय, कि सभी शब्द सगण की आवृति को तो संतुष्ट करें ताकि, निर्मित हुआ वाक्य भी सार्थक हो, तो इसतरह का कोई अभ्यास दुर्मिल सवैया पर काम करने वाले अभ्यासियों का प्रारम्भिक प्रयास होगा.

दुर्मिल सवैया के प्रत्येक पद में सगण (सलगा या ।।ऽ या 112 या लघु+लघु+गुरु) की आठ आवृति होती है. इसतरह, दुर्मिल सवैया में 24 वर्ण होते हैं. यानि, दुर्मिल सवैया = सगण X8

अर्थात - सगण सगण सगण सगण सगण सगण सगण सगण

या -।।ऽ/।।ऽ/।।ऽ/।।ऽ/।।ऽ/।।ऽ/।।ऽ/।।ऽ

इस छन्द में चार सगण पर यति होती है. या, ऐसे भी कह सकते हैं कि दुर्मिल के पदों में 12 वर्णों पर यति होती है. किन्तु, पुनः निवेदन है कि ये छन्द मात्रिक नहीं होते. अतः यहाँ वाचन के क्रम में यति का निरुपण स्वयं हो जाता है.

सभी सवैया छन्दों में तुकान्तता चारों पदों में निभायी जाती है. दुर्मिल में भी चारों पदों में समान तुकान्तता होती है. तुलसी कृत कवितावली के बालकाण्ड में प्रारम्भ के कई छन्द दुर्मिल सवैया के बेहतरीन उदाहरण हैं. यहाँ उदाहरण हेतु सवैया छन्द रामचरित मानस के बालकाण्ड से लिया गया है –

अवधेस के द्वारें सकारें गई सुत गोद कै भूपति लै निकसे।
अवलोकि हौं सोच बिमोचनको ठगि सी रही, जे न ठगे धिकसे।
तुलसी मनरंजन रंजित अंजन नैन सुखंजन जातक से।
सजनी ससिमें समसील उभै नवनील सरोरुह से बिकसे।

पहले पद का विन्यास –

अवधे (लघु लघु गुरु) / स **के** द्वा (लघु लघु गुरु) / **रें** सका (लघु लघु गुरु) / **रें** गई (लघु लघु गुरु)
।(– – –1– – –)। (– – – –2– – –)। (– – – –3– – – –)। (– – –4– – –)।
सुत गो (लघु लघु गुरु) / द **कै** भू (लघु लघु गुरु) / पति लै (लघु लघु गुरु) / निकसै (लघु लघु गुरु)
।(– – –5– – – –)। (– – – –6– – –)। (– – – –7– – – –)। (– –8– – –)।

उपरोक्त विन्यास में बोल्ड किये गये अक्षर अधिकतर शब्द-संयोजक हैं जोकि कारक की विभक्तियाँ हैं. ये गुरु वर्ण के होते हुए भी कैसे लघु रूप में प्रयुक्त हो सकते हैं इसके बारे में सवैया के पाठ में विस्तार से साझा किया गया है.

मैं ध्यान खींचना चाहता हूँ तीसरे तथा चौथे सगण पर, जहाँ 'रें' का गुरु रूप लघु की तरह स्वीकृत है. इसका भी समाधान सवैया के पाठ में किया गया है. वाचन के क्रम में शब्दों के उक्त अक्षरों पर स्वराघात शब्द के स्वर के अनुसार न होकर उक्त गण (यहाँ सगण) के पारिस्थिक विन्यास, तदनुरूप, उच्चारण के अनुसार हो रहा है. तीसरे और चौथे सगण में ये दोनों रें क्रमशः जिन स्थानों पर विद्यमान हैं, वे स्थान सगण के लघु वर्ण का स्थान हैं. अतः, इनका उच्चारण इनकी स्वरमात्रा के अनुसार, यानि दीर्घ उच्चारण, न हो कर सगण के लघु स्थान को संतुष्ट करते हुए हो रहा है.

वैसे इस तरह के अभ्यास के क्रम में अभ्यासियों को बहुत ही सचेत रहने की आवश्यकता है. गणों के अनुसार पंक्तियों (पदों) में शब्दों को समायोजित करने के क्रम में किसी शब्द का रूप इस तरीके नहीं बिगड़ जाना चाहिये कि अर्थ का अनर्थ निकलने अथवा होने लगे.

उदाहरण स्वरूप लिये गये छन्द के तीसरे और चौथे पद को ध्यान से देखा जाये तो उनमें प्रयुक्त शब्दों के दीर्घ स्वरों पर कम स्वराघात डाल कर उन्हें उच्चारित करने की आवश्यकता नहीं पड़ती. क्योंकि वे अपने स्वरों की मात्रा के समानान्तर ही गण (यहाँ सगण) के विन्यास में पिरोये गये हैं.

तुलसी (लघु लघु गुरु) / मन रं (लघु लघु गुरु) / जन रं (लघु लघु गुरु) / जित अं (लघु लघु गुरु) /
।(– – –1– – –)। (– – – –2– – – –)। (– – –3– – – –)। (– – – –4– – –)।
जन नै (लघु लघु गुरु) / न सुखं (लघु लघु गुरु) / जनजा (लघु लघु गुरु) / तक से (लघु लघु गुरु)
।(– – –5– – –)। (– – – –6– – – –)। (– – – – –7– – –)। (– – –8– – – –)।

वस्तुतः ऐसे छन्दों की रचनाओं के लिए यही आदर्श स्थिति है, कि शब्द भरसक गणों विन्यास के अनुरूप पिरोये जायँ.

मत्तगयंद सवैया

मत्तगयन्द सवैया का एक पद सात भगण (भानस या $S||$ या 211 या गुरु+लघु+लघु) की आवृति के बाद दो गुरुओं के उपस्थित होने बनता है. मत्तगयंद सवैया का एक पद (पंक्ति) =

भानस भानस भानस भानस भानस भानस भानस+गुरु+गुरु

या

$S|| / S|| / S|| / S|| / S|| / S|| / S|| / S+S$

एक भगण = गुरु+लघु+लघु, अर्थात, 3 वर्ण

सात भगण = 7 X 3 = 21 वर्ण

दो गुरु यानि दो वर्ण और, अर्थात कुल वर्णों की संख्या हुई, 21+2 = 23 इसतरह, यह 23 वर्णों का छन्द है.

उपर्युक्त को सूत्रवत लिखा जाये

मत्तगयंद सवैया = भगण X 7+गुरु+गुरु

मत्तगयंद सवैया में चार पद होते हैं और चारों पदों में एक समान की तुकान्तता होती है. मत्तगयंद सवैया के पदों के विन्यास को हम समझने का प्रयास करें. उदाहरण स्वरूप नरोत्तमदास रचित अत्यंत लोकप्रिय छन्द के माध्यम से हम मत्तगयंद सवैया के विन्यास को परखते हैं

सीस पगा न झगा तन में प्रभु, जानै को आहि बसै केहि ग्रामा

धोती फटीसी लटी दुपटी अरु, पाँयउ पानहि की नहीं सामा

द्वार खरो द्विज दुर्बल एक, रह्यौ चकि सौं वसुधा अभिरामा

पूछत दीन दयाल को धाम, बतावत आपनो नाम सुदामा

पहले पद का विन्यास –

सीस प (गुरु लघु लघु) / गा न झ (गुरु लघु लघु) / गा तन (गुरु लघु लघु) / में प्रभु, (गुरु लघु लघु)
।(––––1––)। (––––2–––––)। (––––3––)। (––––4––––)।
जानै को (गुरु लघु लघु) / आहि ब (गुरु लघु लघु) / सै केहि (गुरु लघु लघु) / ग्रामा (गुरु गुरु)
।(––––5––)। (–––––––6–––)। (––––7–––)। (––8–––)।

ध्यान से देखा जाय, तो पाँचवे भगण में छन्द के शब्दों को लेकर कुछ अस्पष्टता है. प्रयुक्त हुआ शब्द **जानै** को भगण (भानस या S।। या 211 या गुरु+लघु+लघु) न हो कर मगण (मातारा या SSS या 222 या गुरु+गुरुगुरु) की तरह प्रतीत हो रहा है.

स्पष्ट हो, कि इस पद के वाचन में प्रवाह (पढ़ने की गति) के क्रम में उक्त शब्द **जानै को** के स्थान पर **जान क** ही पढा जायेगा. इसी तरह की बात सातवें भगण के साथ भी है. उक्त भगण में पिरोये गये शब्द **सै केहि** हैं, जिन्हें सप्रवाह वाचन के क्रम में **सै कहि** पढ़ा जायेगा. उपर्युक्त व्याख्या के आलोक में प्रदत्त छन्द के अन्य तीन पदों को देखा जा सकता है.

इस क्रम में, उद्धृत छन्द का दूसरा पद अपने शब्दों के कारण ध्यानाकर्षित करता है. दूसरे पद का विन्यास –

धोती फ (गुरु लघु लघु)/ टीसी ल (गुरु लघु लघु)/ टी दुप (गुरु लघु लघु)/ टी अरु (गुरु लघु लघु)
।(––––1–––)। (––––2––––)। (––––3––––)।(––4––––)।
पाँयउ (गुरु लघु लघु) / पानहि (गुरु लघु लघु) / की नहीं (गुरु लघु लघु) / सामा (गुरु गुरु)
।(––––5–––)। (––––6––––)। (–––––7––––)। (–––8––)।

यहाँ **धोती** को **धोति**, **फटीसी** को **फटीसि** तथा **नहीं** को **नहिं** की तरह उच्चारित किया गया है. उच्चारण के क्रम में इसे शब्दों की अक्षरी या वर्तनी में दोष की तरह न देख कर, गणों के वर्णों के अनुरूप आवश्यक उच्चारण के क्रम में स्वराघात में परिवर्तन हो जाने के कारण मान्य अक्षरी या वर्तनी के रूप में देखा जाना चाहिये.

पुनः, यही कारण है, कि सवैये आंचलिक भाषाओं के शब्दों को सरलता और सहजता से स्वीकार कर लेते हैं, या इसके उलट, आंचलिक भाषाओं में सवैया छन्दों के विभिन्न प्रकारों को लिखना अधिक सहज है, बनिस्पत हिन्दी भाषा के आधुनिक रूप में लिखने के.

सवैया के अन्य प्रकार

विभिन्न गणों के अनुसार सवैया के भी विभिन्न प्रकार होते हैं.

भगणाश्रित, यानि भगण (भानस या ऽ।। या 211 या गुरु+लघु+लघु) पर आधारित, मुख्यतः छः सवैये हैं -

1. मदिरा   = भगण X 7+गुरु

2. मत्तगयन्द   = भगण X 7+गुरु+गुरु

3. चकोर   = भगण X 7+गुरु+लघु

4. किरीट   = भगण X 8

5. अरसात   = भगण X 7+रगण

6. मोद   = भगण X 5+मगण+सगण+गुरु

सगणाश्रित, यानि सगण (सलगा या।।ऽ या 112 या लघु+लघु+गुरु) पर आधारित, मुख्यतः चार सवैये हैं

1. दुर्मिल   = सगण X 8

2. सुन्दरी   = सगण X 8+गुरु

3. अरविन्द   = सगण X 8+लघु

4. सुखी   = सगण X 8+लघु+लघु

जगणाश्रित, जगण (जभान या।ऽ। या 121 या लघु+गुरु+लघु) पर आधारित, मुख्यतः चार सवैये हैं

1. सुमुखि   = जगण X 7+लघु+गुरु

2. मुक्ताहरा   = जगण X 8

3. वाम   = जगण X 7+यगण

4. लवंगलता   = जगण X 8+गुरु

तगणाश्रित, यानि तगण (ताराज या ऽऽ। या 221 या गुरु+गुरु+लघु) पर आधारित, मुख्यतः तीन सवैये हैं -

1. मंदारमाला   = तगण X 7+गुरु
2. सर्वगामी   = तगण X 7+गुरुगुरु
3. आभार   = तगण X 8

रगणाश्रित, यानि रगण (राजभा या S।S या 212 या गुरु+लघु+गुरु) पर आधारित, मुख्यतः एक सवैया है -
1. गंगोदक   = रगण X 8

यगणाश्रित, यानि यगण (यमाता या।SS या 212 या गुरु+लघु+गुरु) पर आधारित, मुख्यतः दो सवैये हैं -
1. महाभुजंगप्रयात = यगण X 8
2. वागीश्वरी   = यगण X 7+लघु+गुरु

मगणाश्रित, यानि मगण (मतारा या SSS या 222 या गुरु+गुरु+गुरु) पर आधारित एवं नगणाश्रित, यानि नगण (नसल या।।। या 111 या लघु+लघु+लघु) पर आधारित आवृतियाँ गेयता के हिसाब से उचित प्रतीत नहीं होतीं. हुईं भी तो इनका वृत्त अरुचिकारक ही होगा.

उपजाति सवैया

काव्यकर्म में उपजाति सवैयों का भी खूब प्रचलन रहा है. कहते हैं उपजाति सवैया गोस्वामी तुलसीदास के समय से ही प्रारंभ हुआ था. यानि शास्त्रीय विधाओं में प्रयोग किया जाना कोई नया शगल नहीं है. ऐसे प्रयोग, माना जाता है कि, गोस्वामी तुलसीदास ने सर्वप्रथम 'कवितावली' में किये थे.

उपजाति सवैया का अर्थ है, दो या दो से अधिक भिन्न सवैयों को एक छन्द के तौर पर प्रयुक्त किया जाना. केशवदास ने इस दिशा में खूब प्रयोग किये हैं.

निम्नलिखित सारिणी-1 भगणाश्रित, सगणाश्रित और जगणाश्रित सवैयों की आवृतियों को दर्शाती है.

सारिणी – 1

छन्द	1	2	3	4	5	6	7	8	9	10	11	12	13	14	15	16	17	18	19	20	21	22	23	24	25
मदिरा (भगणाश्रित)	S	।	।	S	।	।	S	।	।	S	।	।	S	।	।	S	।	।	S	।	।	S			
दुर्मिल (सगणाश्रित)		।	।	S	।	।	S	।	।	S	।	।	S	।	।	S	।	।	S	।	।	S	।	।	S
सुमुखि (जगणाश्रित)			।	S	।	।	S	।	।	S	।	।	S	।	।	S	।	।	S	।	।	S	।	।	S
मत्तगयंद (भगणाश्रित)	S	।	।	S	।	।	S	।	।	S	।	।	S	।	।	S	।	।	S	।	।	S	S		
मोद (भगणाश्रित)	S	।	।	S	।	।	S	।	।	S	।	।	S	S	S	।	।	S	S						
सुन्दरी (सगणाश्रित)		।	।	S	।	।	S	।	।	S	।	।	S	।	।	S	।	।	S	।	।	S	S		
वाम (जगणाश्रित)			।	S	।	।	S	।	।	S	।	।	S	।	।	S	।	।	S	।	।	S	S		
चकोर (भगणाश्रित)	S	।	।	S	।	।	S	।	।	S	।	।	S	।	।	S	।	।	S	।					
अरविन्द (सगणाश्रित)		।	।	S	।	।	S	।	।	S	।	।	S	।	।	S	।	।	S	।	।	S	।		
मुक्ताहरा (जगणाश्रित)			।	S	।	।	S	।	।	S	।	।	S	।	।	S	।	।	S	।	।	S	।		
किरीट (भगणाश्रित)	S	।	।	S	।	।	S	।	।	S	।	।	S	।	।	S	।	।	S	।	।				
सुखी (सगणाश्रित)		।	।	S	।	।	S	।	।	S	।	।	S	।	।	S	।	।	S	।	।	S	।	।	
लवंगलता (जगणाश्रित)			।	S	।	।	S	।	।	S	।	।	S	।	।	S	।	।	S	।	।	S	।	।	
अरसात (भगणाश्रित)	S	।	।	S	।	।	S	।	।	S	।	।	S	।	।	S	।	।	S	।	S				

निम्नांकित सारिणी-2 तगणाश्रित, यगणाश्रित और रगणाश्रित सवैयों की आवृतियों को दर्शाती है. इनके पदान्त में साम्य होना विशेष रूप से द्रष्टव्य है.

सारिणी–2

गंगोदक (रगणाश्रित)	S	I	S	S	I	S	S	I	S	S	I	S	S	I	S	S	I	S	S	I	S	S	I	S		
मंदारमाला (तगणाश्रित)			S	S	I	S	S	I	S	S	I	S	S	I	S	S	I	S	S	I	S	S	I	S		
सर्वगामी (तगणाश्रित)			S	S	I	S	S	I	S	S	I	S	S	I	S	S	I	S	S	I	S	S	I	S	S	
भुजंग (यगणाश्रित)		I	S	S	I	S	S	I	S	S	I	S	S	I	S	S	I	S	S	I	S	S	I	S	S	
आभार (तगणाश्रित)			S	S	I	S	S	I	S	S	I	S	S	I	S	S	I	S	S	I	S	S	I	S	S	I
वागीश्वरी (यगणाश्रित)		I	S	S	I	S	S	I	S	S	I	S	S	I	S	S	I	S	S	I	S	S	I	S		

इनके पदान्त में साम्य होना विशेष रूप से द्रष्टव्य है. पदान्त में इसी समानता के कारण ये सवैये आपस में मिलकर चार पदों का एक अलग ही सवैया वृत्त बना सकते हैं. यानि, इनमें से कोई दो या दो से अधिक सवैये एकसाथ मिला कर पद के रूप में प्रस्तुत किए जा सकते हैं. अर्थात, एक ही छन्द-रचना के चार पदों में काव्य-कौतुक के लिए दो या दो से अधिक तरह के सवैयों के पदों का प्रयोग किया जा सकता है.

घनाक्षरी छन्द

घनाक्षरी या कवित्त को मुक्तक भी कहते हैं. इसके सार्थक कारण हैं.इस छन्द के पदों में वर्णों की संख्या तो नियत हुआ करती हैं, किन्तु, छन्द के सभी पद वर्णक्रम या मात्राओं की गणना से मुक्त हुआ करते हैं. यानि अन्य किसी वर्णिक छन्द की तरह इसके गण (वर्णों का नियत समुच्चय) सधे हुए नहीं होते. अतः गणों की कोई व्यवस्था नहीं बनती. अर्थात पदों में सगण या भगण या ऐसे ही गणों की आवृतियाँ नहीं बनतीं. जैसा कि, हमने सवैया आदि अन्य वर्णिक छन्दों में देखा है.

देखा जाय तो वर्णक्रम के लिहाज से यही मुक्तता इस छन्द को विशेष बनाती है. तदनुरूप, छन्दकारों का दायित्व भी बढ़ जाता है कि वे रचनाकर्म के क्रम में वर्ण की गणना के साथ-साथ शब्दकलों के प्रति भी सचेत रहें. अन्यथा वाचन में प्रवाहभंग या लयभंग की स्थिति अवश्य ही बन जाएगी.

समकल शब्द के बाद समकल शब्द का आना, या, विषमकल शब्द के बाद विषमकल शब्द का आना, वस्तुतः लयभंगता के दोष से बच पाने को सटीक समाधान हुआ करता है. वर्णों की गणना के समय एक व्यंजन या व्यंजन के साथ संयुक्त हुए स्वर को एक वर्ण माना जाता है. संयुक्ताक्षर को एक ही वर्ण मानने की परम्परा रही है.

इसे उदाहरण के माध्यम से समझने का प्रयास करें. इस हेतु घनाक्षरी के दो पदों को लिया गया

शस्यश्यामला सघन, रंगरूप से मुखर देवलोक की नदी है आज रुग्ण दाह से लोभ मोह स्वार्थ मद पोर-पोर घाव बन रोमरोम रीसते हैं, हूकती है आह से

शब्द **शस्य** दो वर्णों का शब्द हुआ – श और स्य.

उसी तरह **श्यामला** तीन वर्णों का शब्द है – श्या, म और ला.

साथ ही, उपर्युक्त दोनों पदों में पहले पद का उदाहरण बनायें – **शस्य** त्रिकल है तो उसके ठीक बाद **श्यामला** ऐसा शब्द है जिसके पहले भाग में **श्याम** शब्दांश

है तथा गण के अनुसार **श्यामला** रगण (राजभा या ऽ।ऽ या 212 या गुरु+लघु+गुरु) शब्द है. अतः **शस्य** के त्रिकल, जिसका विन्यास गुरु+लघु है, के ठीक बाद **श्याम+ला** शब्द, जो कि त्रिकल+द्विकल बनाता है, का आना त्रिकल के बाद त्रिकल की आवश्यक व्यवस्था कर देता है. इसी कारण, इस पद के वाचन में लयभंगता नहीं होती. उपर्युक्त व्यवस्था को ही घनाक्षरी के सभी पदों में 'चरणवत' निभाना होता है.

छन्द शास्त्र के नियमानुसार इस छन्द के कुल नौ भेद पाये जाते हैं.

1. मनहर 2. जनहरण 3. कलाधर 4. रूपघनाक्षरी 5. जलहरण

6. डमरू 7. कृपाण 8. विजया 9. देवघनाक्षरी

किन्तु, मुख्य घनाक्षरी मनहर घनाक्षरी ही है. कारण कि, अन्य घनाक्षरियों में पदविन्यास को वर्णिक क्रम के लिहाज से तनिक हेरफेर कर अथवा केवल ह्रस्व स्वर या लघु वर्ण प्रभावित शब्दों का प्रयोग कर भिन्न दिखाने का आग्रह अधिक दिखता है.

मनहर घनाक्षरी

चार पदों के इस छन्द में प्रत्येक पद में कुल वर्णों की संख्या 31 होती है. सभी पदों में नियमानुकूल तुकान्तता हुआ करती है. पदान्त में गुरु का होना अनिवार्य है. चरणों में लघु+गुरु का कोई क्रम नियत नहीं होता. परन्तु, वाचन को सहज रखने के लिए पदान्त लघु+गुरु रखने की परिपाटी रही है.

पदान्त यदि द्विकल+एकल+द्विकल के आधार पर अथवा रगण (राजभा या ऽ।ऽ या 212 या गरुलघु+गुरु) से हुआ तो श्रेष्ठ है.

विशेष परिपाटी, जिसके प्रचलन से इस छन्द को वस्तुतः नियत किया जाता है, के अनुसार प्रत्येक पद चार चरणों में विभक्त होता है तथा प्रत्येक चरण में वर्णों की संख्या क्रमशः 8, 8, 8, 7 की यति के अनुसार होती है. तथा, पदान्त विशेष तौर पर लघु+गुरु से होता है.

एक तथ्य पर हम अवश्य दृढ़ रहें कि मगण (मातारा, गुरु+गुरु+गुरु, ऽऽऽ, 2 2 2) से पदान्त न हो.

कहींकहीं चरणों के वर्ण की गणना के अनुसार आंतरिक व्यवस्था 8, 7, 9, 7 या ऐसी ही कुछ हो सकती है. ऐसा होना कोई वैधानिक दोष नहीं है. परन्तु ध्यान से परखा जाय तो आंतरिक व्यवस्था चाहे जो हो, शब्दकलों का निर्वहन सहज ढंग से हुआ है, तो छन्द वाचन में या पदगायन में कोई असुविधा नहीं होती. और छन्द निर्दोष माना जाता है.

छन्दशास्त्र के कई विद्वान इसी कारण मनहर घनाक्षरी के पदों की यति 16-15 पर साधते हैं. परन्तु, ऐसा करना भी पद को कम्पार्टमेण्टलाइज करने की तरह नहीं होता. यानि, यह भी देखा गया है कि कई बार 16-15 की यति भी 17-14 या 15-16 की व्यवस्था में हुआ करती है.

उदाहरण के लिए एक घनाक्षरी के दो और पद लिये जाते हैं, जो कि मनहर घनाक्षरी के विशिष्ट रूप में हैं.

हम कृतघ्न पुत्र हैं या दानवी प्रभाव है, स्वार्थ औ प्रमाद में ज्यों लिप्त हैं वो क्या कहें

ममत्व की हो गोद या सुरम्यता कारुण्य की, नकारते रहे सदा मूढ़ता को क्या कहें

उपरोक्त पदों में 16-15 की यति नहीं बन रही है. किन्तु शब्दों की व्यवस्था ऐसी है कि वाचन में प्रवाह तनिक भंग नहीं होता.

शब्द व्यवस्था को साधने के लिए एक और तथ्य पर ध्यान देना उचित होगा

सम-विषम-विषम, या, विषम-सम-विषम जैसी व्यवस्था में नियत हुए शब्दों का प्रयोग पदों में लयभंगता की स्थिति उत्पन्न कर देता है.

जैसे,

मनहर घनाक्षरी के ही एक पदांश को देखें - *ममत्व की हो गोद या*

उपर्युक्त पदांश को **गोद या ममत्व की हो** कर दें तो समान वर्ण होने के बावजूद लयभंगता स्पष्ट दीख रही है. कारण कि, **गोद** त्रिकल (विषम) के बाद **या** जैसा द्विकल (सम) और फिर **ममत्व** के कारण पुनः त्रिकल से प्रारम्भ हो रहे शब्द का आना है. फिर, **ममत्व की हो** वाक्यांश होने से **ममत्व** के **मत्व**, जोकि त्रिकल शब्द है, के बाद **की हो** के आने से चौकल आना हो जाता है. अर्थात, त्रिकल के बाद चौकल आ रहा है. ऐसी शाब्दिक व्यवस्था सर्वथा त्याज्य है.

इसी को नकारने के लिए **ममत्व की हो गोद या** जैसी व्यवस्था को साधना होता है.

कहने का तात्पर्य यह है कि हम पदों में चाहे जो शाब्दिक व्यवस्था बनायें, पर शब्दकल तथा यति के प्रभाव तथा पदप्रवाह को सहज रखें.

मनहर घनाक्षरी के उदाहरण

क.

शस्यश्यामला सघन, रंगरूप से मुखर देवलोक की नदी है आज रुग्ण दाह से
लोभ मोह स्वार्थ मद पोर-पोर घाव बन रोम-रोम रीसते हैं, हूकती है आह से
जो कपिल की आग के विरुद्ध सौम्य थी बही अस्त-पस्त-लस्त आज दानवी उछाह से
उत्स है जो सभ्यता व उच्च संस्कार की वो सुरनदी की धार आज रिक्त है प्रवाह से

(इकड़ियाँ जेबी से)

ख.

नीतियाँ बनीं यहाँ कि तंत्र जो चला रहा वो श्रेष्ठ भी दिखे भले परन्तु लोकछात्र हो
तंत्र की कमान जनजनार्दनों के हाथ हो, त्याग दे वो राजनीति.. जो लगे कुपात्र हो
भूमिजनसंविधान, बिन्दु हैं ये देशमान, संप्रभु विचार में न ह्रास लेश मात्र हो
किन्तु सत्य है यही सुधार हो सतत यहाँ, ताकि राष्ट्र का समर्थ शुभ्र सौम्य गात्र हो
(स्वरचित)

मनहर घनाक्षरी पर साझा हुई उपर्युक्त व्याख्या के आधार पर ही अन्य घनाक्षरियों को साधा जा सकता है. किन्तु पुनः, ऐसा कोई अभ्यास काव्य-कौतुक से प्रेरित अभ्यास ही होगा.

जानकारी के लिए अन्य घनाक्षरियों की विधा सम्बन्धी जानकारी अवश्य साझा की जारही है. सभी घनाक्षरियों में चार पद होते हैं. तुकान्तता चारों पदों में एकसार निभायी जाती है.

1. जनहरण = प्रत्येक पद में 31 वर्ण ही, किन्तु अन्तिम वर्ण को गुरु रख सभी वर्ण लघु वर्ण के.

2. कलाधर = प्रत्येक पद में 31 वर्ण. विशेष यह कि पद में गुरु+लघु की अवृति. अन्तिम वर्ण गुरु.

3. रूपघनाक्षरी = 32 वर्ण के पद 8, 8, 8, 8 के चरण में. पदान्त गुरु+लघु से.

4. जलहरण = 32 वर्ण के पद 8, 8, 8, 8 के चरण में. पदान्त लघु+लघु से.

5. डमरू = 32 वर्ण के पद. 8, 8, 8, 8 के चरण हों, अन्यथा यह बाध्यता नहीं. पद के सारे वर्ण लघु. या हस्व मात्रिक

6. कृपाण = 32 वर्ण के पद 8, 8, 8, 8 के चरण में. पहले तीन चरणों में अंतर्तुकान्तता. पदान्त गुरु+लघु से अनिवार्य. वीररस की अभिव्यक्तियों के लिए उत्तम माध्यम.

7. विजया = 32 वर्ण के पद 8, 8, 8, 8 के चरण में. पदान्त लघु+गुरु से या ऐसे त्रिकल से जिसका विन्यास एकल+द्विकल हो तथा वह द्विकल दो लघु

वर्णों से निर्मित हो.

8. देवघनाक्षरी = 33 वर्ण के पद 8, 8, 8, 9 के चरण में. पदान्त तीन लघु वर्ण अनिवार्य.

इस तरह, कतिपय मात्रिक तथा वर्णिक छन्दों पर
विन्दुवत अभ्यास हेतु महत्त्वपूर्ण तथ्यों को
साझा करने का प्रयास सम्पन्न हुआ.

ग़ज़ल की बाबत

अरूज़ पर विन्दुवार विस्तृत चर्चा

लेखक

वीनस केसरी

शीघ्र प्रकाश्य

पृष्ठ संख्या - 400

मूल्य - 300

www.ingramcontent.com/pod-product-compliance
Lightning Source LLC
LaVergne TN
LVHW041656190726
843493LV00007B/1826